ロイヤルジュエリーは煌めいて
彼が囁き、乳首に息を吹きかける。
それだけで快感が走り、腰が浮き上がってしまう。
「脱がせた時には淡いピンク色だったのに、今は誘うような濃いバラ色だ。
……そんなに感じてしまっている？」
「違います、そんなわけが……アアッ！」

ロイヤルジュエリーは煌めいて

水上ルイ

16998

角川ルビー文庫

Contents

口絵・本文イラスト／明神 翼

レオン・ヴァレンスキー

「プリンス。盗《ぬす》まれた『氷河の涙《なみだ》』についてのご報告が」

俺の執務《しつむ》室に入り、ドアを閉めるなり男が言う。彼は国家機密情報部に所属する捜査《そうさ》官、ロトチェンコだ。彼から「至急報告したいことがある」と言われて微《かす》かに期待をしていたが……予想していた言葉に俺の鼓動《こどう》が速くなる。

『氷河の涙』はこの国の国宝として伝わってきた巨大《きょだい》なダイヤモンド。しかし今から二十年前に盗難《とうなん》にあった。情報部は、その当時から犯人は王宮に出入りしていた骨董《こっとう》商、ウラジーミル・カラシニコフだと断言していた。そして彼がウイリアム・クラヴィエという偽名《ぎめい》を使ってフランスに在住していることまで突《つ》き止めていた。だがなかなか証拠《しょうこ》がつかめず、現物を取り戻《もど》すにいたっていなかったのだ。

「ついに取り戻したのか？」

「いいえ。『氷河の涙』は、まだ犯人の手の中にあり、取り戻すことができないでおります」

ロトチェンコは、いつも無表情な彼にしては珍《めずら》しく、動揺《どうよう》を顔によぎらせながら言う。俺は微かに不吉《ふきつ》な予感を覚えながら言う。

「何か事情でも？」

「はい。窃盗《せっとう》の犯人であるウラジーミル・カラシニコフ——ウィリアム・クラヴィエという偽名を使ってパリ郊外《こうがい》に在住していました——が、今朝早くに亡《な》くなったそうです。私が電話で接触《せっしょく》をした直後でした。本当なら今日の昼に会う約束でした」

彼は苦しげに眉《まゆ》を寄せて、

「電話で話した時、彼は罪を償《つぐな》いたいと言っていました。そして『氷河の涙』をサンクト・ヴァレンスク王家に返却《へんきゃく》したいとも」

ロトチェンコは深いため息をつく。俺は報告書を思い出しながら、

「彼は数年前から重い病気に臥《ふ》せっているのだと報告書にあった。それが原因で？」

「はい。彼との話し合いを急いだのもそのせいです。なのに……」

「そうか」

俺は胸が痛むのを感じる。たしかに彼は犯罪者だが、もともと父の学生時代からの友人だった。彼が国宝である『氷河の涙』に並々ならぬ興味を持っていたことは幼い俺にもよく解《わか》ったし、彼から教わった宝石の知識も多い。

「まずは、彼の冥福《めいふく》を祈《いの》ろう」

俺は言って、サンクト・ヴァレンスク式の十字を切る。ロトチェンコも慌《あわ》てて同じように十

字を切る。俺は、

「彼の屋敷《やしき》に送り込んだアミエ捜査官はどうしている？　報告は？」

ウイリアム・クラヴィエがカラシニコフではないかと疑い始めてすぐに、俺は彼の屋敷に若い女性捜査官を送り込むように指示していた。カラシニコフは事件直後に追っ手を恐《おそ》れて整形で顔を変え、しかも自分が持っていた小さな宝飾品店《ほうしょくひん》を大成功させ、男爵《だんしゃく》の称号《しょうごう》を持つ名士にまで上りつめていた。彼の店の常連客には王族も多く、確たる証拠がない限り彼をきつく問い詰《つ》めることは難しかった。

「アミエ捜査官からの最新の報告にあったのですが、カラシニコフの死の直後、『氷河の涙』は彼の屋敷の外に持ち出されたのではないかと……」

その言葉に俺は驚《おどろ》いてしまう。

「共犯者がいた……ということか？」

「いえ、それが……」

彼は沈鬱《ちんうつ》な顔になって、

「カラシニコフの臨終に立ち会ったのは、英国のオークション会社、サザンクロスの社員だったそうです。そしてカラシニコフの死後、『氷河の涙』は忽然《こつぜん》と姿を消したという報告が」

「……サザンクロス……」

大富豪《だいふごう》でその会社の名前を知らない者は一人もいないだろう。サザンクロスは高価な美術品や宝飾品の売買を行う会社で、最近はコッホの『ひまわりの丘《おか》』やモネーの『睡蓮《すいれん》の咲《さ》く池』をオークションにかけた。宝飾品の売買も数多く扱《あつか》っていて、有名なコレクターの死後、彼が所蔵していた宝飾品を遺族から買い取った。そしてイエローダイヤ『カナール』はディファニーが、ブルーダイヤ『マウンテン』はダ・ビアスが手に入れた。一般《いっぱん》には公開しないまま取引されたので価格は不明だが、天文学的な額だったのは間違《まちが》いないだろう。

「カラシニコフは、サザンクロスにあのダイヤを売り払《はら》ったということか？　だが彼は君と会う約束をしていた」

俺が言うと、ロトチェンコは苦しげな顔をして答える。

「カラシニコフは窃盗犯として二十年も逃《に》げ続けてきた男です。どれだけ信じていいのか私にも正直解らないのですが……」

俺は、さまざまなケースを頭の中でシミュレーションしてみる。

「サザンクロスが正式にあのダイヤを買い取り、そしてオークションに出してくれるのだとしたら、その時はどんな手を使ってでも競《せ》り落とす。だがそうでない場合も考えられる」

俺はため息をつき、

「サザンクロスは、天文学的な価値のある宝飾品に関してはオークションにかけずに直接顧客《こきゃく》と交渉《こうしょう》をする場合も多い。ディファニーの『カナール』やダ・ビアスの『マウンテン』の時のように。どこかの宝飾品会社が秘密裏《ひみつり》に買い取ったとしたらとても面倒《めんどう》なことになる」

博物館に飾《かざ》られてもおかしくないような天文学的な価値のある宝石は、値札をつけて店に並べられたりすることは絶対にない。会社の威信《いしん》の象徴《しょうちょう》としてポスターに載《の》せたり、厳重な警備をつけて宝飾《ほうしょく》展の目玉にする時以外、地下金庫から出されることはまずなくなる。いったん宝飾品会社に売り渡《わた》されたとしたら、その会社が倒産《とうさん》するまで手に入れるのはほぼ不可能だと思っていい。

「ということは、サザンクロスに直接交渉するしかないのか？」

俺が言うと、彼は心配そうに眉をひそめる。

「ご存じの通り、サザンクロスは百戦錬磨《ひゃくせんれんま》の会社です。そしてカラシニコフの屋敷に出入りしていたのはその中でも選《え》り抜《ぬ》きの鑑定士《かんていし》として知られる『麗《うるわ》しき黒衣の死神』だそうです」

ロトチェンコのその言葉に、俺は目を見開く。

「死神？　なんだそれは？」

「ああ……失礼しました。彼はサザンクロス社の宝石鑑定士で、アンティークにも詳《くわ》しい宝石学のスペシャリストだそうです。世界中の富豪《ふごう》達を顧客に持ち、彼らに死が近づいた時には必ずその人がそばにいるのだと言われています」

「だから『死神』？　鑑定士は買い取りのために屋敷に呼ばれるだけ。別に死を招いているわけではないだろう」

俺が言うと、ロトチェンコは小さく苦笑《くしょう》して、

「たしかに。……私は捜査の関係で、何度かサザンクロス社のオークションに参加したことがあります。その時に見たのですが……」

唇《くちびる》から笑《え》みを消し、何かを思い出すように遠い目をする。

「その鑑定士はまだ二十代半ばくらいで、見ているだけで魂《たましい》を持っていかれそうなほどの美青年でした。噂《うわさ》好きの富豪達に死神というあだ名がつけられるのも無理はない、ついそう思ってしまいました。……そしてその鑑定士はカラシニコフの葬儀にも参列するという情報が」

常に現実派のロトチェンコが、どこか複雑そうな顔で言う。俺はおかしなあだ名をつけられた青年に少し興味を覚えながら、

「顔はどうでもいいが……二十代半ばでサザンクロスのGGというのは初めて聞いた。彼と一度話をしてみよう。カラシニコフの葬儀《そうぎ》に参列する」

俺の言葉に、今度は彼が驚いた顔をする。

「プリンス自らですか？」

俺はその言葉に、深くうなずく。

「もちろんだ。あの『氷河の涙』は我が一族にとって、そして国家にとっての宝。絶対に取り戻さなくてはいけない至宝なんだ」

青山貴彦

「まあ、誰《だれ》なのかしら、あの美青年」

「黒がよく似合ってセクシーだわ。あんな綺麗《きれい》なツバメがいたら最高ねぇ」

教会の高い天井《てんじょう》に、荘厳《そうごん》に響《ひび》く神父の言葉。その間に、不謹慎《ふきんしん》な囁《ささや》きが交ざっている。チラリと見ると通路を挟《はさ》んだ反対側、一列前のベンチに座ったご婦人方が私をチラチラと振《ふ》り返っていた。

私は内心ため息をつきながら、花に飾られた棺《ひつぎ》に目を移す。

……あなたにこんな下品な親類ばかりがいるなんて知りませんでしたよ、クラヴィエ男爵。

私の名前は青山貴彦《あおやまたかひこ》。二十六歳。米国宝石学会（ＧＩＡ）で学び、世界的に有名なオークション会社、サザンクロスに勤める鑑定士。ＧＧ（Graduate Gemologist）の資格を持ち、宝石のグレーディング・鑑別《かんべつ》技術だけでなくアンティークの知識も叩《たた》き込まれてきた宝石のスペシャリストだ。

サザンクロスは世界中のＶＩＰや王族との取引があり、オークションで彼らに美術品や宝飾品、価値の高い骨董《こっとう》品を売る。しかしオークション会社にはもう一つ、あまり世には知られていない仕事がある。美術品などを大量に所有する大富豪が重い病に倒《たお》れた時、もしくは亡《な》くなった時にそれらの処分を秘密裏に引き受ける。

大富豪の子息が勤勉で財産に恵《めぐ》まれている時、その遺産は正式に遺族に相続される。だが、世の中にはそんなケースばかりがあるわけではない。さまざまな理由で自分の血を分けた子供達を厭《いと》う大富豪がいないでもなく、彼らは自分が病に倒れた時、子供達にその遺産がわたらないように手を回す。死んでしまう前に馴染《なじ》みのオークション会社の人間を呼び寄せて売り払い、現金化したものを愛人に譲《ゆず》ったり、どこかに寄付したり。さまざまな手配が間に合わなかった場合は、オークション会社にすべてをゆだねるという遺言《ゆいごん》を遺《のこ》したり。いずれも子供達から恨《うら》まれることにはなるが、そんなことは知ったことではない。さらに、まったく興味のない人間が、美術品や宝石、骨董品などを受け継《つ》いでしまうこともある。彼らはほんの少しのセールストークだけであっさりとそれらを売り払う。美しいものを愛さない彼らにとっては、美術品や骨董品はただの場所をとるガラクタとしか思えないからだ。それでなくても、莫大《ばくだい》な相続税を払うには自分もかなりの財産を持っていないと難しい。

彼らはそれを秘密裏に、しかもできるだけ高く売りたいと思っている。私達は独自の情報網《じょうほうもう》を使って大富豪の葬儀に参列し、葬儀後すぐに遺族と話をする。遺産を売る気のない遺族からはまるでハイエナのようだとののしられることもあるが……悪徳業者に買い叩かれたり、世界的な価値のある美術品を無粋《ぶすい》な遺族の手で壊《こわ》されたりするよりはよほどいい。

「ご婦人方、あの男に夢中になると危ないですよ」

「そうそう、なにせ、『麗しき黒衣の死神』ですからね。彼の現れるところ、大富豪の死が待っているという……」

男共が振り返り、さっき囁き合っていた婦人二人に面白《おもしろ》がるような声で囁いている。一抹《いちまつ》の怯《おび》えがまざっているところが、ますますバカらしい。

……本当に私が死神だとしても、おまえらには指一本動かしたくない。

GGの私は、貴重な宝石を所有する大富豪の死の直前に、大富豪本人から呼び出されることが多い。さらに彼らの葬儀にはたいてい顔を出し……いつのまにか社交界では『麗しき黒衣の死神』と呼ばれているらしい。母似の女顔は私のコンプレックスなので麗しいという言葉はムカつくし、いつも地味なスーツを着ているのは言うまでもなく見舞《みま》いや葬儀だから。それに何より、私は大富豪が安らかな気持ちで逝けるように手伝いをしているだけ。別に死を招いているわけではないのに死神といわれるのは不本意だ。

私はいつもの癖《くせ》で、男二人の指を飾る趣味《しゅみ》の悪い品々につい目を留めてしまう。

一人の手には二十四金のかまぼこ形の指輪、ダイヤモンドがはめ込まれていてどう見ても卒業記念指輪や結婚《けっこん》指輪ではない。もう一人の手首にはジャラジャラと太い十八金のブレスレットが揺《ゆ》れている。

……親類の葬儀に、こんなものを着けて来る趣味を本気で疑う。

私は思いながら、男共の言葉になど耳を貸さずにうっとりと私を見つめている女性二人に、わざと笑いかけてやる。二人が真っ赤になったのを見てバカらしくなって前を向く。

……一人くらいは彼の死を悼《いた》む人間はいないのか？

私は最後に彼に会った時のことを思い出して、胸が痛むのを感じる。

……死神といわれる私ですら、彼の死が悲しい。おまえらは死神以下だ。

彼と最後に会ったのは、すっかりさびれきった豪奢《ごうしゃ》な屋敷《やしき》の中。彼の死の直前だった。

◆

……ここが、あのクラヴィエ男爵《だんしゃく》の屋敷……？

私は門の前で立ち止まり、その荒《あ》れ果てた屋敷を見上げる。

……たった一年で、こんなふうになってしまうなんて……。

私は、パリ郊外《こうがい》の、ある大富豪《だいふごう》の屋敷の前にいた。

人々を威圧《いあつ》するようにして聳《そび》え立っていた鋳鉄《ちゅうてつ》の門には、今は蔦《つた》が分厚く巻きついて葉を茂《しげ》らせ、ここを正式に訪ねる者がすでにいないことを示している。

私が最後にここに来たのは今からほんの一年前。男爵が主催《しゅさい》するチャリティーパーティーの夜だった。持ち主の栄華《えいが》を示すように煌びやかだったあの夜とは比べ物にならないほどの荒れように、私は改めて驚《おどろ》いてしまう。

私は通用門の脇《わき》にある呼び鈴《りん》のボタンを押す。当時は空港までリムジンの迎《むか》えが来たし、この門はリムジンが近づくだけで使用人によって左右に開かれていた。今は車道に敷《し》かれた石の間から雑草が伸《の》び、警備員室は窓ガラスが割れたままで門の周囲には人影《ひとかげ》もない。まるでこの屋敷にすでに高価なものなど何一つないことを示しているようだ。

『……はい。どなた様でしょうか？』

長い沈黙《ちんもく》の後、インターフォンから応答が聞こえた。この屋敷の家令の声だ。あの頃《ころ》は矍鑠《かくしゃく》としていた彼の声が、今はただ疲《つか》れきってかすれている。

「サザンクロス社の青山です。クラヴィエ男爵からご連絡《れんらく》をいただきました」

私が言うと、家令はさらに沈《しず》んだ声で言う。

『ついにあなたをお呼びになりましたか』

ため息混じりの苦しげな声に、男爵の具合は本当によくないのだろうな、と思う。

『申し訳ありません、通用口のオートロックを開けますので入っていただけますか？　この屋敷にはすでに使用人は私とメイドが一人きり。しかしメイドはお世話のために男爵に付ききりで、私の方はこのところ足腰《あしこし》がすっかり弱っていて……』

彼の悲しげな声を、私は遮《さえぎ》る。

「わざわざ来ていただかなくて大丈夫《だいじょうぶ》です。すでに何度もお邪魔《じゃま》しているので勝手はわかりますし」

『申し訳ありません。入った後は自動的に閉まりますので、そのままで』

彼の声が言い、ガシャ、という音と共に門の脇にある小さな鉄の扉《とびら》の鍵《かぎ》が解除される。これは警備員や使用人が使うためのもので、以前の家令なら絶対に客にここを使わせたりはしなかっただろう。

……いや、よく考えれば私は客とは言えないが。

私は思いながら鉄の扉を開けて中に入る。そして庭師の手で完璧《かんぺき》に整えられていた庭がたった一年で荒れ野のようになってしまっていること、そして曇天《どんてん》にそびえる屋敷がまるで幽霊屋《ゆうれいや》敷《しき》のように気味悪く見えてしまうことに改めて驚く。

……男爵には四人の息子《むすこ》とその配偶者《はいぐうしゃ》、そして六人の孫がいたはず。いくら事業に失敗したとはいえ、病に倒れた男爵を助けようという者はいなかったのか？

私は忙《いそが》しさにかまけて男爵への連絡を怠《おこた》っていたことを後悔《こうかい》する。男爵が病気がちになったという噂《うわさ》を聞いて折々に見舞いの手紙は出していたが、返信の手紙には「もう心配はない」と書かれていて、すっかり治癒《ちゆ》したのだろうと勝手に思っていた。

男爵本人から電話をもらったのは昨夜遅《おそ》く。彼の声が弱りきっていたことに私は驚き、彼の「私はもうダメかもしれない。君に託《たく》したいものがある」という言葉に愕然とした。そして仕事をすべて同僚《どうりょう》に任せ、取るものもとりあえず英国からパリに飛んだ。

……男爵の体調は、本当にそんなに悪いのだろうか？

私はまだ信じられない気持ちで車道に踏《ふ》み出し……後ろから聞こえた鍵の閉まるガシャリという重い音に、本能的な怯えを感じる。とても慕《した》っていた祖母が亡くなった時に感じたのと同じとても嫌《いや》な予感に、私は思わず眉《まゆ》を寄せる。

……何を考えているんだ、私は。縁起《えんぎ》でもない。

私がこの屋敷を初めて訪ねたのは五年前。まだ新人の頃。新人教育をしてくれていたベテランGGの紹介《しょうかい》だった。そのGGはしばらくして定年で退職し、その後は私がこの屋敷の持ち主──クラヴィエ男爵の担当になった。

パリの裏道に小さなアンティークショップを出していた彼が、いきなりパリの目抜《めぬ》き通りに店を出店してから二十年。彼の店にはVIPや王族が訪《おとず》れ、彼はその栄誉《えいよ》をたたえられて男爵の称号《しょうごう》までも賜《たまわ》った。あまりにも極端《きょくたん》なサクセスストーリーに、人々は悪魔《あくま》に魂《たましい》を売ったのだとか、幸運の宝石を手に入れたのだとか噂をしていたが、私もそんな印象を受けたことは否《いな》めない。なんというか……彼にはほかの王族や大富豪達がごく普通《ふつう》に持っている煌《きら》めくようなオーラがない。そういうオーラを持った人間は知らずに他人を引き寄せ、同時に幸運も手に入れる。彼らの並外れた生命力を見るたび、そうでない人間が同じことをしようとすれば、その魂を削《けず》ってしまうような気がいつもしていた。彼が病に倒れたと聞いた時、私はふと彼も魂を削ってしまったのだろうかと思ってしまった。もちろん、不謹慎《ふきんしん》なことは自分でも解《わか》っているので、誰《だれ》にも言わなかったが。

……オーラがあってもなくても、彼の審美眼《しんびがん》は本物だった。

私は雑草の生えた石畳《いしだたみ》の上を、屋敷に向かって歩く。エントランスの階段を上っていると、両開きのドアが内側から押し開けられた。とても重そうなそれらを高齢《こうれい》の家令が支えていることに気づいて、私は一気に階段を駆《か》け上る。

「ありがとうございます。腰《こし》は大丈夫ですか？」

言いながら自分でドアを支える。彼は感謝の色を浮《う》かべた目で私を見上げ、

「ええ、階段や坂を下りなければ、なんとか」

言って、その目にふと涙《なみだ》を浮かべる。

「間に合ってよろしゅうございました。男爵はあなたにとても会いたがっておいででしたから」

彼の言葉に、さらに嫌な予感を覚える。

「男爵のお部屋にお邪魔しても？」

私が言うと、家令は涙を拭《ぬぐ》いながらうなずいて、

「はい、二階の左手突《つ》き当たりの部屋にいらっしゃいます。きっと喜ばれます」

私は彼の言葉に頷《うなず》き、広々としたエントランスホールを突っ切る。パーティーの夜にはクリ

スタルのシャンデリアが灯《とも》され、その下では煌びやかに着飾《きかざ》った人々が笑いさざめいていた。同じ場所であることが、今は暗がりに沈んで静まり返り、埃《ほこり》と黴《かび》の臭《にお》いをさせている。まるであれから何百年もの時が過ぎたかのようだ。

私は家令のすすり泣く声を背中で聞きながら大階段を上り、二階へと上がる。廊下を左に進み始め……それから嫌な予感がどんどん大きくなることに耐《た》えられずに思わず早足になる。長い廊下の突き当たりに到着《とうちゃく》した頃には、私はほとんど走っていた。ドアの前に立ち止まり、胸に手を当てて呼吸を整える。それから手を上げ、ドアを小さくノックする。

「失礼いたします、サザンクロス社の青山です」

「どうぞ、入ってくれ」

ドアの向こうから聞こえてきた声は今にも消え入りそうに細く、以前の彼とは別人のようだ。私は微《かす》かに血の気が引くのを感じながら、そっとドアを開く。

豪奢な絨毯《じゅうたん》が敷かれた広い部屋の真ん中に、天蓋《てんがい》つきのベッドが置かれている。枕元《まくらもと》にはさまざまな医療機器《いりょうきき》が並び、白衣を着た医師が一人と看護師が二人、そして黒いお仕着せを着た若いメイドが一人、緊張《きんちょう》した面持《おもも》ちで彼の脇に控《ひか》えている。

部屋の窓には分厚いカーテンが引かれ、部屋の中はほとんど真っ暗だ。サイドテーブルに灯されたアンティークのランプと、医療機器の青白い明かりだけが部屋を照らしている。

「……よく来てくれた、ミスター・アオヤマ。君にぜひとも話しておきたいことがあってね」

ベッドの上に座っていたのは、一年前の彼とは別人のようにやせ細った男爵だった。彼は高価そうなシルクのパジャマを着てガウンを羽織っているけれど、乾《かわ》いた皮膚《ひふ》と落ち窪《くぼ》んだ目はまるで別人のようだ。私は嫌な予感が本当に当たりそうな気がして血の気が引く。

……しっかりしろ。動揺《どうよう》せず、きちんと話をしなくては。

「ご無沙汰《ぶさた》してしまって申し訳ありません、男爵《だんしゃく》。ご連絡をありがとうございます」

私は言い、気力を振《ふ》り絞《しぼ》って笑《え》みを浮かべる。

「電話でこの世の終わりのようなことをおっしゃるので、慌《あわ》てて駆けつけてしまいました。私を騙《だま》しましたね。顔色がいいですよ。まったく仕方のない方だ」

言うと、彼は顔をクシャクシャにして笑う。

「君は相変わらずだな。人形のようにクールな顔をして、でも本当に優《やさ》しい子だ」

彼の目元に涙が浮かんだのを見て、胸が張り裂《さ》けそうに痛む。

「彼と話がある」

男爵はさっきよりも力の戻《もど》った声で、医師や看護師を見回しながら言う。

「少しだけ、席を外してくれないか？」

「男爵、ご自身の状況《じょうきょう》がおわかりですか？　あなたは今、とても危険な状態です。昨夜も発作《ほっさ》を起こしたばかりで……」

医師が枕元に置かれたたくさんの医療機器に目をやりながら言うが、男爵はきっぱりとかぶりを振る。

「それならなおさらだ。時間がない」

医師と看護師は顔を見合わせ、この患者《かんじゃ》のワガママにはうんざりだ、とでも言いたげな顔で部屋を出て行く。彼らの後に続いた若いメイドが、

「男爵、お苦しくなったら、すぐに呼び鈴《りん》を鳴らしてくださいね」

言うと男爵の表情が緩《ゆる》む。

「どうもありがとう、アミエ。君も優しい子だよ」

メイドはにこりと微笑《ほほえ》むが、その顔はやはり疲《つか》れきっている。二階になかなか来られない家令の代わりに男爵の世話の大半を一人きりでこなしているとしたら、それはとんでもない重労働だろう。

「ありがとうございます、男爵。失礼します、ミスター・アオヤマ」

彼女は礼儀《れいぎ》正《ただ》しく言って、膝《ひざ》をちらりと曲げる礼をする。それからさっさと部屋を出て行った医師たちに続いて廊下に出て行く。

「座ってくれ。ミスター・アオヤマ。長旅で疲れただろう？」

男爵はベッドサイドに置かれている椅子《いす》を示しながら言う。パジャマから伸びた彼の手首が枯《か》れ木のように細く、指が微かに震《ふる》えていることに気づき、私はさらに暗い気持ちになる。

「失礼します」

それを気取られないように必死で微笑み、私は椅子に腰掛ける。彼は乾いた唇《くちびる》に微かな笑みを浮かべて、

「私が病に倒《たお》れたのは、たった一年前。気づいたらほとんどの財産はハイエナのような親類に持っていかれてしまった。今は使用人を雇《やと》うことすらできないほどに落ちぶれた。この屋敷《やしき》もすでに抵当《ていとう》に入っているはずだ」

「クラヴィエ男爵。金などすぐに取り戻せます。どうかお気を落とさずに治療《ちりょう》に専念してください」

私が言うと、男爵は私を真っ直《す》ぐに見つめる。強い光を浮かべていた彼の瞳《ひとみ》が、今は風に揺《ゆ》らされる蠟燭《ろうそく》の火のように微かな光しか発していない。別れの予感に、私の胸が強く痛む。

「いつもクールな顔をしていたくせに、今はそんな悲しそうな顔をする。君は本当に嘘《うそ》のつけない人だな。だから信頼《しんらい》したのだが。……ああ、気にしないで」

否定の言葉を言おうとした私に、男爵は手を上げて止める。

「自分の身体《からだ》のことは自分が一番よくわかっている。あまり優しいことを言われるとこの世にまた未練ができてしまうからね。……それより、一つ頼《たの》みがあるんだが」

男爵はクスリと笑いながら言い、それから自分の枕の下を示す。

「枕の下に、小さな鍵《かぎ》が入っている。それを出してくれないか？」

私は腰を浮かせ、彼の言うとおりに枕の下を探《さぐ》る。そこに入っていた小さな鍵を取り出す。

「サイドテーブルの引き出しの鍵だ。開けてくれないか？」

「わかりました」

私はその小さな鍵を使ってサイドテーブルの鍵を開ける。

「中に、ベルベットのケースが入っている。出してくれ」

私はうなずき、引き出しからベルベットのケースを取り出す。三十センチ×五センチ程度の細長いもので、ペンダントケースのようだ。手のひらに載《の》せるとずしりと重い。

「どうぞ」

彼に差し出すと、彼はそれを受け取らずに押し返す。

「その中に入っているものを、君に託《たく》したい。私が親類から守った最後のものだ」

「失礼します」

私はゆっくりとケースの蓋《ふた》を開き……そこに入っていたものを見て、思わず息を呑《の》む。

「……これは……」

スタンドの明かりを反射しているのは、プラチナのチェーンに通されたペンダントヘッド。繊細なデザインの石座にはめ込まれた中石は、百カラットはあるだろう巨大《きょだい》なダイヤモンドだった。涙の形……ペアシェイプと分類されるカッティングが施《ほどこ》されているが、少し丸みを帯びた特徴《とくちょう》的な形だ。こんな暗がりでは正確なところは解らないが、もしもフローレス、Dカラーの最高ランクなら日本円にして百五十億は優に超《こ》える。サウジアラビアの大富豪《だいふごう》が所有している巨大な最高ランクのダイヤ、『ザ・スター・オブ・ザ・シーズン』に匹敵《ひってき》するとんでもない品物だ。

「……素晴《すば》らしい品です。見せていただいたのは初めてですね」

私が顔を上げると、男爵はなぜかとてもつらそうな顔をしていた。

「この中石は『氷河の涙』と名づけられたダイヤ。私の罪の証《あかし》なんだ。他人に見せるのは初めてだよ」

悲しげな声に、胸が痛む。

「これを、どうなさりたいのですか？　もしもサザンクロスに売却《ばいきゃく》してくださるのなら、すぐにでも鑑定《かんてい》し、見合った現金を即刻《そっこく》お支払《しはら》いします。そうではなく遺産としてご子息に受け継《つ》がせたいのなら、すぐにあなたの弁護士を……」

「私はこれを、子供達や孫達には絶対に渡《わた》したくないんだ」

彼のとても強い口調に、私は少し驚《おどろ》く。男爵は身を乗り出してケースからそのネックレスを摑《つか》み出し、私の手に強く握《にぎ》らせる。

「これは息子《むすこ》達には渡さず、ある人に返して欲しい。その人の名前は……うっ」

男爵の顔が苦しげに歪《ゆが》み、左手が心臓の上を押さえる。激しい痛みを示すかのように、彼の右手がネックレスごときつく私の手を握り締《し》める。それは爪《つめ》が食い込むほどの強い力で……。

「男爵、大丈夫《だいじょうぶ》ですか？　すぐに先生を……」

私は立ち上がろうとするが、男爵はそのまま私の手を強く握り、かすれた声で、

「最後に信じられるのは君だけだ。これをあの人に……」

男爵の顔がさらに歪み、すがるような目が私を見上げてくる。私はうなずいて、

「わかりました。必ず渡します。ですからその人の名前を……」

「……名前は……」

彼が微かな声で言いかけ、小さく息を呑む。私の手を掴んでいた男爵の指が、ふいに力を失う。彼は目を見開いたままゆっくりと後ろに倒れていく。心拍計《しんぱく》が耳障《みみざわ》りな機械音を上げながらフラットな状態になったのを見て、私は青ざめる。

……なんてことだ……！

「誰《だれ》か来てください！　男爵が！」

私が叫《さけ》ぶと、廊下《ろうか》の方から数人が走ってくる足音が聞こえる。私は手の中に残されたネックレスを見下ろし、呆然《ぼうぜん》とする。

……これを……いったいどうすればいいんだ……？

「親父《おやじ》に何かあったのか？」

「また発作か？」

ドアの向こうから、男爵の息子達らしき男達の声が聞こえる。

……いけない、これを彼らに渡してしまったら、男爵との約束をたがえることになる。

私は思い、とっさにネックレスを上着の内ポケットに落とし込む。そして彼の布団《ふとん》の上に置いてあった空のネックレスケースを引き出しに戻す。引き出しを慌てて閉めた時に、乱暴にドアが開いた。

「男爵！　大丈夫ですか？」

医師と看護師、そしてメイドのほかに、どやどやと数人の男が駆《か》け込んでくる。医師は必死で心臓マッサージを始めるが、その顔には絶望の色がある。

「親父！」

「大丈夫なのか？」

男達は医師の後ろから男爵《だんしゃく》の顔を覗《のぞ》き込み、口々に言っている。だが彼らの顔は悲しみに沈《しず》んでなどいなかった。

心臓マッサージをしているにもかかわらず、男爵の心拍計は耳障りな警報を響《ひび》かせたままだ。医師はそのまま粘《ねば》り強くマッサージを続けたが、男爵はついに息を吹《ふ》き返さなかった。

「……残念ですが……もう……」

医師の言葉を、私は暗澹《あんたん》たる気持ちで聞く。そして大混乱に陥《おちい》っている部屋をそっと後にする。

「……家令の目を盗《ぬす》んで屋敷中を探していたが、金目のものはほとんどなかった。何かあるとしたら、親父が寝《ね》ていたこの部屋だけだ」

「親父さえいなくなれば、うるさい家令も消える。そうすれば……」

ドアの隙間《すきま》から聞こえてきたあからさまな声に、私は本気で男爵に同情する。

……こんな言葉を聞かなくて、あなたは幸いでした。

年老いた富豪《ふごう》の最期《さいご》に立ち会うのは初めてではない。だが死というものはいつも荘厳《そうごん》で悲しみに満ちている。こんなに後味の悪い最期は初めてかもしれない。

……しかも……とても面倒《めんどう》なものを遺《のこ》されてしまった。

私は上着の内ポケットの重みを感じながら思う。

……だが、男爵の遺言《ゆいごん》はなんとしても守らなくては。

レオン・ヴァレンスキー

カラシニコフ――この国ではクラヴィエ男爵と呼ばれていたようだが――の葬儀《そうぎ》が行われる教会は、屋敷《やしき》に送り込んでいた女性捜査官《そうさ》、ミス・アミエが報《しら》せてくれた。俺は葬儀が始まってからそっと教会に入り、遺族達とは少し離《はな》れたベンチに一人で腰掛《こしか》けている。

カラシニコフの最期が明るいものではなかったことを示すように、参列者はとても少ない。彼は一時はパリの目抜《めぬ》き通りに店を出すほどに上りつめたようだが……一年前に彼が病に倒《たお》れ、親戚《しんせき》達が我が物顔で店に出入りし始めた頃《ころ》から経営は傾《かたむ》き、あっという間に店は潰《つぶ》れたらしい。その時の借金、そしてギャンブル狂揃《きょうぞろ》いの親戚達のせいで、今ではカラシニコフのすべての財産は失われ、屋敷すら抵当《ていとう》に入っているらしい。

俺は彼の波乱に満ちた人生を思い、暗澹たる気持ちでその棺《ひつぎ》を見つめる。

カラシニコフは、サンクト・ヴァレンスクの裏通りに小さなアンティークジュエリーの店を開いていた。鑑定士《かんていし》の資格を持ち、優《すぐ》れた審美眼《しんびがん》を持っていた彼は、俺の父に気に入られ、サンクト・ヴァレンスク城に出入りするようになった。彼が持ち込む鞄《かばん》の中には小さいながらも美しい宝石たちが眠《ねむ》っていて、それを見るのは子供だった俺にとって楽しみな時間だった。

……あんなことさえなければ、彼は今でもサンクト・ヴァレンスクの裏通りで、ただの一店主として平和に暮らしていただろうに。

俺は思い……そして教会の中をそっと見回す。ともかく死神と呼ばれる鑑定士を見つけ出し、彼と直接交渉《こうしょう》をしなくてはいけない。

……まあ、「あれは盗まれたものだから返して欲しい」などと言っても信じてもらえるわけがないのだが。

俺は内心ため息をつき、それらしき人物の姿を探すが……。

……全員が黒のスーツじゃないか。死神と呼ばれるからには青白い顔をした、弱々しそうな青年なのだろうが……。

二十代くらいの若者は数人交ざっているが、どれも髪《かみ》の色は金髪《きんぱつ》や赤毛など。黒髪の青年は一人もいない。

俺は思いながら静かに立ち上がり、ベンチを移動する。あまりに後ろに座りすぎていたせいで、影になって顔の見えない人も多かった。俺はそっと周囲を見回して……。

ある一人の青年が目に入り、俺は思わず息を呑《の》む。

……彼だ……そうに違《ちが》いない……。

俺は一目でそう確信してしまう。それくらい彼は美しく、そして神秘的に見えたからだ。

ほっそりとした身体《からだ》を包む漆黒《しっこく》のスーツ。純白のワイシャツと暗い色のネクタイがとてもストイックなイメージだ。

艶《つや》のある漆黒の髪、真珠《しんじゅ》のように透《す》き通る肌《はだ》。

優雅《ゆうが》なラインを描《えが》く横顔。柔《やわ》らかそうな唇《くちびる》。

伏《ふ》せられた睫毛《まつげ》は驚《おどろ》くほど長く、その目は潤《うる》んでいるように見えた。

……たしかに、魂《たましい》ごと持っていかれそうだ……。

俺は、彼の横顔に見とれてしまいながら思う。

……彼が……『麗《うるわ》しき黒衣の死神』……たしかに、そう呼びたくなる気持ちも解《わか》る。

俺は思い……そして自分が彼に見とれてしまっていたことに気づいて内心ため息をつく。

……葬儀中にいったい何をしているんだ、俺は？

今朝早く入ったアミエ捜査官からの報告によれば、恰幅《かっぷく》のよかったカラシニコフは、見る影《かげ》もなくやせ衰《おとろ》え、最期は心臓発作《ほっさ》で命を落としたらしい。昔の陽気だった彼を思い出し、胸が痛むのを感じる。

国宝となるような宝石には、やはり魔力《まりょく》がある。それによってカラシニコフは名誉《めいよ》を摑《つか》んだが、偽《いつわ》りの栄華《えいが》は長くは続かなかった。あのダイヤモンドはサンクト・ヴァレンスクの王家の者が所有するべきものだからだ。

……もしもあの宝石がほかの人の手に渡《わた》れば、きっと同じことを繰《く》り返す。あれはやはり我が一族が取り戻《もど》すべきものなんだ。

俺は目を上げて、麗しい死神の横顔を見つめる。

……どんな手を使っても返してもらう。覚悟《かくご》しておいてくれ。

心の中で彼に語りかけ……そして彼の横顔を見ているだけで、鼓動《こどう》が速くなっていることに気づく。

……ああ、百戦錬磨《ひゃくせんれんま》の大富豪《だいふごう》達から揃《そろ》って死神と呼ばれた彼は、やはり不思議な魔力を持っているようだ。

青山貴彦

……葬儀に参列した遺族のほとんどが、亡《な》き老男爵《だんしゃく》の死を悼《いた》むより遺産のことばかりを気にしていた。

私は地面に掘《ほ》られた深い穴を見つめながら、内心ため息をつく。

……あなたがあの美しいダイヤモンドを彼らに渡したくないと言った気持ちが、今の私にはよく解ります。

教会での葬儀の後、参列者は教会の裏手にある墓地に移動した。運ばれてきた彼の棺が、縄《なわ》をかけられて深い穴の中に下ろされたところだ。

整備された芝生《しばふ》の続く丘《おか》には、白い十字架《じゅうじか》が並んでいる。彼の墓地が美しいところだったことに、私はほんの少しだけ安堵《あんど》を感じる。

私は棺の上に投げるための白いバラを受け取り……そして葬儀では気づかなかった一人の男に思わず目を奪《うば》われる。

彼は穴の縁《ふち》に立ち、祈《いの》るように目を伏せていた。誰《だれ》も死を悼もうとしていないこの場で、彼のように見栄《みば》えがする。

モデル並みのスタイルを仕立てのいいダークスーツに包んだ姿は、まるで映画のワンシーンの周囲だけが静謐《せいひつ》に見える。

彼はかなりの長身で、身長は百九十を超《こ》えているだろう。

見とれるような長い脚《あし》、引き締《し》まったウエスト、逞《たくま》しい肩《かた》。

太陽の光を反射する漆黒の髪。

陽《ひ》に灼《や》けた頬《ほお》と高貴なイメージで通る高い鼻筋。

伏せられた睫毛は長く、少し厚めの唇が男らしく、そしてやけにセクシーに見える。

彼が目を上げたことに気づいて、私は慌《あわ》てて目をそらす。彼が黒曜石のように透き通る美しい黒い瞳《ひとみ》をしていたことに気づき、なぜか鼓動が速くなる。

……何を考えているんだ、私は？

男爵が亡くなった直後、私はホテルに戻って英国の本社に連絡《れんらく》を入れた。そして男爵の子供や孫の数、特徴《とくちょう》をできる限り正確に集めてもらった。

……親戚の顔はすべて確認《かくにん》してある。彼は親族ではない。少なくとも正式な血縁者《けつえん》では。

その男は、男爵とは似ても似つかないような端麗《たんれい》な風貌《ふうぼう》だった。しかし友人にしては年齢《ねんれい》が若すぎる。もしかしたら隠《かく》し子かもしれないが……その男が放っている煌びやかなオーラは、男爵には微塵《みじん》もなかったものだ。

……いったい。誰なのだろう……？

昔、男爵がちらりと漏《も》らしたことがあるプロフィールを思い出す。男爵はパリに来る前、もっと寒い国で小さなアンティークショップを経営していたらしい。しかし一念発起《いちねんほっき》した彼はパリに出て宝飾品《ほうしょくひん》の店を開いたらしいが……もしかしたら、その頃の顧客《こきゃく》にしては若すぎるが……その息子《むすこ》などだったらちょうど年齢もあうだろう。

彼の静謐な雰囲気《ふんいき》と硬質《こうしつ》で端麗な顔立ちには、寒い国が似合う気がする。もしかしたらそういう関係の人かもしれない。

神父の祈りの言葉が終わり、彼はバラを棺《ひつぎ》の上に投げる。彼が胸の上で十字を切るやり方が外国のものだったことに気づいて、私は確信する。

……わざわざ、彼の死を悼むために駆《か》けつけたのだろうか？

この茶番のような葬儀《そうぎ》の中で、その男だけは、男爵の死を本気で悼んでいるように見えた。

私は心の痛みがほんの少しだけ和《やわ》らぐ気がする。

……男爵、心配してくれる人がいて、よかったですね。

私は、心の中で彼に言う。

……あとは、このダイヤモンドを渡すべき人さえ見つかれば……。

私の上着の内ポケットには、今もあのペンダントがある。ホテルの金庫にでも預けようと思ったのだが、私が泊《と》まっていたのは経費を節約するための安宿。セーフティボックスもとてもちゃちだった。そこに百億もするような宝石を預ける気にはならず、私はそれをポケットに忍《しの》ばせて葬儀に参列した。

「なあ、祖父《じい》さんの遺産でどっか行かないか？　おれ達にもがっぽり入るんだろ？」

いかにも出来の悪そうな大学生くらいの金髪青年が、隣《となり》にいるやはり出来の悪そうな茶髪《ちゃぱつ》に囁《ささや》いている。茶髪はくすくす笑って、

「バハマに決まってるだろ？　マイクロミニの可愛《かわい》いギャルを釣《つ》り放題」

「ニースとかは？　金持ちのお嬢《じょう》さん達と大人の付き合いとか……」

隣にいた赤毛が言いかけ、私の顔を見てふいに言葉を切る。少しは羞恥心《しゅうちしん》を覚えたか、と思いきやいきなり頬を染めて、

「なあ、あそこにいるやつ、男だけど、すげー美人じゃね？」

隣の茶髪にコソコソと囁いているのが聞こえる。茶髪が私を見て、やはり頬を染める。

「やっべ。めちゃくちゃ色っぽいじゃん。俺、男もけっこういけるんだよなぁ」

……ああ、孫までがバカすぎる。

私は内心深いため息をつく。そして前に並んでいた人が穴に下ろされた棺に花を落としたのを見て、前に進む。男爵の棺は高価そうな艶《つや》のある黒の木材につや消しのシルバー。たしか彼は生前から棺を準備していたはず。イタリアの教会建築をモチーフに用いたような美しい模様に、胸が痛む。

……男爵、本気で同情しますよ。

私は思いながら、彼の棺の上に白いバラをそっと落とす。

……あなたの遺言《ゆいごん》は必ず守ります。ですから、どうか安らかに。

目を閉じて祈り、後ろに並んでいる人に場所を譲《ゆず》る。そしてそのまま踵《きびす》を返し、美しく整備された芝生の墓地を歩きだす。

……お抱《かか》え弁護士の名前と連絡先は、男爵からもらっている。今回は遺族ではなく、彼に連絡をした方がいいだろうな。

穏《おだ》やかな葬儀の場合は、その日のうちに遺《のこ》された配偶者と話をすることもできる。しかし男爵の夫人はすでに亡くなっているし、ほかの親類は今にも遺産相続のことで争いを始めそうな雰囲気。男爵にほとんど遺産がないことを知ったら、しかも唯一《ゆいいつ》残っている金目のものが自分のものにはならないかもしれないと解《わか》ったら、いきなりとんでもない騒《さわ》ぎになりそうだ。

……やはりいったん帰って弁護士に……。

「失礼」

後ろから声をかけられ、私はふと足を止める。振り返ると、そこにはきっちりと喪服《もふく》に身を包んだ、五十代くらいの長身の男性が立っていた。白髪《しらが》交じりの灰色の髪《かみ》、男爵と同じ青い瞳。男爵によく似た顔立ちと雰囲気には見覚えがある。

……ファイルに写真が載《の》っていた。彼は男爵の年の離《はな》れた末の弟。名前はたしかアルバン。

男爵とはまったく関係のない会社を経営し、そのトップ。商才もやる気もなく、あっさりと落ちぶれたほかの親類達に比べて、彼だけは社会的な地位を築いている。

「サザンクロス社のミスター・アオヤマでは？」

彼は私を見つめながら言う。

「はい」

私は少し警戒《けいかい》しながら言う。彼はほかの親類とは違《ちが》った知的な雰囲気だったが、人は見た目では判断できない。見た目が紳士《しんし》でも金のためならなんでもする人間はいくらでもいる。私はそういう事例を数え切れないほど見てきた。彼は私に名刺を差し出して言う。

「弟のアルバン・クラヴィエです。弁護士から、兄と最後に話をしたのは、あなただったのだと聞きました」

「そうですが」

私が言うと、彼はふいに苦しげな顔になる。

「そうですか。……兄の、最期《さいご》の言葉を教えてもらえませんか？」

彼の言葉に、私はなんと言っていいのか迷う。最後の言葉が家族への感謝ではなくペンダントのことだったと聞いたら、私だったら傷つくだろうから。

……いや、もしかしたら彼の遺言を探《さぐ》ろうとしているだけかもしれないが。

「故人との約束で、最期の言葉はお伝えできません」

私が言うと、彼は驚《おどろ》いたように目を見開き……それから傷ついたような顔になる。

「ということは……家族への言葉ではなかったんですね」

言って、深いため息をつく。

「兄の最期にも間に合わないなんて、弟として失格です。……あんなくだらない争いさえしていなければ、すぐにでも駆けつけたのに……」

彼は言い、とても悲しげに小さく笑う。

「……どんなに後悔《こうかい》をしても、もう遅《おそ》いですが……」

私は彼の真意を測りかねながら、上着のポケットに手を入れる。中から黒革の名刺入《めいし》れを取り出して、そこから名刺を一枚取り出す。

「申し遅《おく》れました、サザンクロス社のタカヒコ・アオヤマです。弁護士さんを通じて、ご連絡を差し上げることもあるかもしれません。その時はよろしくお願いいたします」

私が言うと、彼は少し驚いた顔で名刺を見下ろし、それから苦笑《くしょう》する。

「とてもクールなんだな。私の後悔の言葉を聞いてくれないのですか？」

「申し訳ありません。ですが、悲しみを本当に癒《いや》せるのは時間だけだと思っていますので」

自分の言葉が、棘《とげ》のようにちくりと自分の胸に刺《さ》さる。

……深い悲しみが時間で癒せるかどうかは、もちろん解らないのだが。

「兄とあなたが知り合ったのは五年前、それから何度も屋敷《やしき》に足を運び、兄の話し相手になっていてくれたんですよね？　家令から聞いています」

「話し相手……というのは正確ではありません。男爵《だんしゃく》は美術や骨董《こっとう》、そして宝飾品に深い造詣《ぞうけい》をお持ちでした。私の方が勉強をさせていただいていたと言う方が正しいです」

「兄はいつもそういう話ばかりだった。仲たがいするまでは、私がずっと相手をしていたのですが」

彼の言葉に私は少し驚く。

男爵の言葉の中には、弟の存在はまったく出てこなかった。彼に弟がいるのを知ったのは資料から。きっと疎遠《そえん》なのだろうと思っていたのだが……。

「では、あなたも骨董品に興味が？」

「ええ」

彼はうなずき、真っ直《す》ぐに私を見る。

「特に興味があるのは宝飾品《ほうしょくひん》です。ペアシェイプカットのダイヤ……『氷河の涙』と名付けられていましたが……を中石に使った、とても美しいペンダント、あれがとても好きでした」

その言葉に、私はドキリとする。

「あれは素晴《すば》らしい品です。私も拝見しました」

「兄は、『息子達や孫達にはこれを渡《わた》したくない』と言っていませんでしたか？」

その言葉に、私はドキリとする。彼は苦しげな顔で、

「兄は生前、いつも言っていました。あの宝飾品の価値がわかるのはおまえだけだ、と。兄の遺品として、あれは私が譲り受けたいのです」

彼の言葉はもっともだったが、私は何かひっかかるものを感じる。あの男爵は「相続させて欲しい」ではなく「返して欲しい」と言った。弟にそんなことを言うだろうか？

「あのペンダントは歴史的な価値のあるものです」

私が言うと、彼の表情がピクリと動く。私は彼の顔を見上げて、

「どちらで手に入れたのか、お聞きしたいのですが」

私が言うと彼は懐《なつ》かしそうな遠い目になって言う。

「あるオークションで手に入れたものです。私と兄が二人で、ね」

……二人で？　では男爵が言った返したい相手というのは、この弟のことだったのか？

彼は私を見つめて必死の口調で言う。

「『氷河の涙《なみだ》』がどこにあるのかご存じですか？　弁護士に聞いても答えてくれなくて。あれは兄と私の思い出の品なのですよ」

「これは男爵とお付き合いのあった人間としてではなく、サザンクロス社の社員としての質問なのですが……」

私は言葉を選びながら言う。

「あのペンダントは歴史的な価値のある本当に素晴らしい品です。わが社ではぜひともあれを

購入《こうにゅう》し、オークションを通じて世界中の宝石好きに情報を公開したい。できれば博物館か、会社の財産として保管してくれる宝飾品会社に買い取って欲しいと思っています。……どう思われますか？」

彼は驚いた顔で私を見つめ、それからふっと笑う。

「あの宝石が歴史的な価値があるということは、兄からもずっと言われていました。私一人が独占《どくせん》するべきものではないかもしれませんね。もちろん、お金がほしいわけではありません」

「ええ、それはもちろんわかっています」

私はいつものお決まりの言葉を言う。高価なアンティークや宝飾品を売りに出す遺族は必ず「金のためではない」と主張するからだ。

彼の言葉を聞いた私は、この後の言葉に少し迷う。

……こうなればペンダントを彼に返し、買い取りの交渉《こうしょう》をするのが一番早い。ただ、彼は自身も大企業《だいきぎょう》を取り仕切る実業家だ。金には困っていないはずだという調査結果も出ている。ということは、思い出の値段に見合わない場合は交渉が決裂《けつれつ》して売らないと言いだす危険性もある。

私は思い、しかし男爵との約束を思い出す。

……もしも男爵が言った相手が彼なら、最後の約束は果たせたことになる。さらに交渉がうまくいけばこの件に関する私の仕事は成功だ。だが……。

私は上着の内ポケットに、ずしりとした重みを感じる。

……男爵が言っていた相手というのは……本当にこの男なのだろうか？

「あなたなら、ペンダントのある場所をご存じでしょう？」

彼は心配そうな顔になって、ふいに声を潜《ひそ》める。

「なぜこんなことを言い出したかというと……私以外の親類は、この足で兄の住んでいた屋敷に向かうでしょう。そしてあのペンダントを見つけるために徹底的《てっていてき》に家捜《やさが》しを始めます。そうなれば兄との約束が果たせなくなる」

私はふと振《ふ》り返り、離れた場所にいる親類達に目をやる。彼らはいつの間にか集まり、何かを真剣《しんけん》な顔で話し合っていた。

……男爵が「屋敷にこれを置いておくわけにはいかない」と言ったのは、こういうことだったのか。

私は内心ため息をつき、彼を見上げる。

「それならご安心ください。ペンダントは、サザンクロス社が責任を持ってお預かりしていますので」

……彼は身元がしっかりした相手だし、すぐにでも連絡《れんらく》をつけることができる。とりあえずこれを持ち帰り、私のもう一つの仕事、鑑定《かんてい》をすますことにしよう。

「男爵から、鑑定と保管を依頼《いらい》されました。……もしも正式な相続者が決まったら、その方にお渡しすることになります。もちろんその後で買い取りの交渉をさせていただきますが」

私の言葉にアルバン氏は小さく笑う。

「ペンダントの相続者は私だ……ということは誰《だれ》に主張すればいいんですか？　あなたに？」

「私はただの鑑定士《かんていし》です。どうか、男爵の弁護士さんにおっしゃってください」

私は言い、わざとらしく時計を覗《のぞ》き込む。これ以上話していても面倒《めんどう》なことになりそうだ。

「そろそろ失礼します。飛行機の時間がありますので」

「サザンクロスの本社はロンドンでしたね。そこに帰られるのですか？　もう少し滞在《たいざい》を楽しんでもいいのでは？　よかったら私の屋敷に……」

「残念ですが、仕事が溜《た》まっていますので。……失礼します」

私は彼の言葉を遮《さえぎ》って言い、踵《きびす》を返して墓地の芝生《しばふ》の上を歩く。広い墓地の向こうに広めの道路が走っているので、そこでタクシーを捕《つか》まえればいいだろう。

今日中に交渉を終わらせられればと思っていたので、実は帰りの飛行機のチケットは取っていない。シャルル・ド・ゴール空港からヒースロー空港までの便ならいくらでもあるし、今日中にすまなければもう一泊ホテルに泊《と》まればいい。上司からは無駄遣《むだづか》いをするなと嫌《いや》みを言われそうだが。

……飛行機に乗る前に、空港近くのホテルのダイニングで早めのディナーにしよう。メニューは男爵が好きだった鴨《かも》。ワインは男爵が教えてくれたボルドーの重めの赤。親類達が遺産のことばかりなら、せめて私だけでも彼のことを思ってワインをあけよう。

「ほら、大叔父《おおおじ》さんとの話、終わったみたいだぜ？」

「あんな色っぽい美人、声をかけておかないとあとで絶対に後悔するしな！」

少し離《はな》れた場所から囁《ささや》き合う声が聞こえ、糸杉《いとすぎ》の向こうからさっき見た三人のバカ孫が走ってくるのが見える。チラリと目が合っただけで、三人揃《そろ》って飢《う》えた狼《おおかみ》のような顔をしている。

私はうんざりしながら目をそらし、ため息をつく。

……まったく、騒々《そうぞう》しい遺族達だ。少しは個人の死を悼《いた》んだらどうなんだ？

「すみませ～ん」

「お祖父ちゃんのお知り合いの方ですかぁ？」

「今日はお祖父ちゃんのために来てくださって、どうもありがとうございま～す」

三人が私の前に立ちふさがり、口々に言う。墓地に似合わないニヤニヤ笑いが不愉快《ふゆかい》だ。

「ご愁傷様《しゅうしょうさま》でした。どうかお気落としのないように」

私は言い、三人の脇《わき》を通り抜《ぬ》けようとする。

「待ってくださいよ～」

金髪《きんぱつ》が、私の腕《うで》をいきなり摑《つか》む。

「父さん達が、おまえのこと美人の死神とかなんとか言ってたんだけど……それってどういう意味ですか～？」

「しかも、お祖父《じい》ちゃんの最期《さいご》を看取《みと》ったのはおまえだったとか聞いたんですけど〜」

茶髪《ちゃぱつ》が涎《よだれ》を垂らさんばかりの顔をして声を潜める。

「もしかして、祖父ちゃんは腹上死ってやつ？　おまえにヤリ殺されちゃったとか？」

……ああ、本気で殴《なぐ》りたい。そのままボコボコにしてやりたい。

私は拳《こぶし》を握《にぎ》り締《し》めるが、いけない、と思って慌《あわ》てて力を抜《ぬ》く。それからにっこりと笑ってみせて、

「私はオークション会社の者です。お祖父さんから遺産についてのお話を聞いていました。でも、まさかあんなことになるなんて……」

「遺産？」

私の言葉を、赤毛が遮る。

「じゃあ、おれ達にいくら入るか、おまえは知ってるのか？」

必死の形相で金髪とは違《ちが》う側の腕を握り締められて、私は眉《まゆ》を寄せる。

日本にいる頃《ころ》から武道はいろいろやってきた。英国に渡ってからも、護身と厄介《やっかい》ごとをさけるために続けている。宝飾品《ほうしょくひん》を持ち歩くことも多い私は、そうそう強盗《ごうとう》に遭《あ》うわけにはいかない。マッチョな男二人くらいならなんとか倒《たお》せる自信がある。

……しかし、葬儀《そうぎ》の後の墓地で、故人のお孫さんを投げ飛ばすわけにもいかないし……。

三人の顔にはさっきよりもさらに下卑《げび》た表情が浮《う》かんでいる。たくさんの遺族を見てきた私

でも呆《あき》れるような露骨《ろこつ》さだ。

三人は私をしっかりと取り囲んで口々に言う。

「ねえ、そしたら今からおれのアパルトマンに来ませんか？　詳《くわ》しく聞かせて欲しいなあ」

「そうそう親父《おやじ》達は祖父さんの屋敷《やしき》を家捜しするとかいってウゼーし。おれ達、おとなしく祖父さんの死を悼みたいんですよ〜」

「それに、もしかして、おまえと仲良くなったら遺産が多めに……」

「葬式《そうしき》のすぐ後で遺産の話をするなんて、しつけのなってないガキどもだな」

後ろからやけに迫力《はくりょく》のある声が聞こえ、孫たちが私の肩越《かたご》しに視線を上げる。私の腕を握り締めたまま、呆然《ぼうぜん》と口を開ける。私は身体《からだ》をひねるようにして振り返り……。

……あ……。

そこに立っていた男には、見覚えがあった。ただ一人だけ、男爵《だんしゃく》の死を悼んでいるように見えたあの男だ。

目を伏《ふ》せている時には彫刻《ちょうこく》のように硬質《こうしつ》に見えた彼の顔は、陽光の中で見るとどこか獰猛《どうもう》な迫力がある。見とれるほどの男らしい美貌《びぼう》だ。

完璧《かんぺき》に鍛《きた》え上げられた逞《たくま》しい体つきをした彼を前にして、薄《うす》っぺらな身体をした孫達は、彼の出現に気圧《けお》されたように言葉を失って見上げている。

「彼は、俺と約束がある。……その手を放してくれないか？」

まるで王のように威厳《いげん》のある声で言われ、ぎろりと睨《にら》み下ろされて、呆然と口を開けていた孫達が慌てて私から手を放す。

「待たせてすまなかった。行こう」

男は言ってさりげなく私の肩《かた》を抱《だ》いて歩きだす。かなり離れたところで振り返ると、孫達はそれぞれの親に捕まっていた。これから家捜しに駆り出されるのだろう。私はホッとし、それから彼の顔をチラリと見上げる。

「約束をした覚えはありませんが。それとも助けてくださったんですか？」

言うと、彼は小さく笑って、

「おまえに話があった。おまえもポケットに何億ドルもする宝石を入れたままガキどもに囲まれているのは落ち着かないだろう？」

彼の言葉に、私は驚《おどろ》いてしまう。

私が故人から直《じか》にペンダントを託《たく》されたということは誰も知らない。弁護士にもさっきの子供たち相手と同じような説明しかしていないので、以前に託され、きちんと警備を雇《やと》ってロンドンに送ったと思っているはず。まさか。私がペンダントをポケットに入れて歩いているとは夢にも思わないだろう。

「不思議なことをおっしゃいますね。カマをかけているつもりですか？」

私が表情を変えずに言ってやると、彼はさらに笑《え》みを深くして、

「バレたか。さすが黒衣の死神、隙《すき》がない」

彼があっさりと言って肩をすくめる。私は内心ため息をつきながら思う。

……おかしな男だ。

私は彼にエスコートされたまま道路のそばまで歩き、さりげなく後ろを振《ふ》り返る。もう誰も付いてきていないことを確かめて、彼の腕からさりげなく逃《のが》れる。

「子供は苦手なんです。助けてくださってありがとうございました。……では、私はこれで」

言いながら彼から離れ、道の左右を見回して、タクシーを探す。だが、閑静《かんせい》な住宅地の中にある墓地の前の道は乗用車がたまに通るだけ。タクシーは影《かげ》も形もない。

……面倒だが少し歩くか。

私はため息をついて、スマートフォンをポケットから取り出す。GPSにつないで地図を表示させようとしたところで、黒塗《くろぬ》りのリムジンが近づいてくるのが目の端《はし》に入る。私はまた液《えき》晶《しょう》画面に目を落としながら思う。

……すごいお迎《むか》えだな。さすがに大富豪《だいふごう》の葬儀。弔問《ちょうもん》客も金持ちが多いのだろう。

リムジンはゆっくりと速度を落とし、私のすぐ目の前になぜか停車する。運転手が降りてきて、私ににこりと笑いかけ、後部座席のドアを開く。

「どうぞ」

「……は？」

私は呆然とし……後ろから肩を抱かれたことに驚いてしまう。

「……なっ？」

身体をひねって見上げると、私の肩を抱いていたのは、さっきの長身の男だった。

「タクシーを探しているんだろう？……乗って」

彼はあっさりと言い、私の背中を押す。あまりにも自然にエスコートされて私は思わずリムジンに乗ってしまう。

……何をしているんだ、私は？　高価な宝飾品を持ったまま、見ず知らずの男の車に乗ってどうするんだ？

「ちょ、待ってください。私は歩いて行きます。あなたの世話には……」

「うろうろしていると別の弔問客に絡《から》まれるぞ。ポケットのペンダントも心配だ」

男が言いながら、私の隣《となり》に滑《すべ》り込んでくる。外側からドアが閉められて、私は呆然としてしまう。それからハッと我に返って、

「ペンダントは持っていないとさっきから……」

「どっちでもいい。ともかくおまえみたいな美人に一人歩きをさせるのは心配だ。……イワノフ、車を出してくれ。とりあえず市内まで」

彼は運転席に座った運転手に声をかけ、運転席と後部座席を仕切る小窓を閉めてしまう。

「そうだ、自己紹介《しょうかい》をしていなかったな」

彼は言いながら上着の内ポケットから名刺入《めいし》れを取り出す。美しいスターマークの出た黒のスティングレイ。金具は磨《みが》かれたシルバー。趣味《しゅみ》がよく男っぽい。

彼はそれを開き、中から名刺を一枚取り出す。高級そうなヴァニラアイスクリーム色の厚地の紙に、金色の鷲《わし》の紋章《もんしょう》とクラシカルなフォントの英文が印刷されている。繊細《せんさい》なその刷りは機械ではできない類《たぐい》のものだ。

……高価な一点物の銅版印刷だ。さすが、リムジンに乗っているだけのことはあるな。

「俺の名前はレオン・ヴァレンスキー。二十九歳。実業家。ほかに聞きたいことは？」

……ヴァレンスキー？　あの企業《きぎょう》グループの？

私は名刺を見直し、世界的に有名なヴァレンスキー・グループの中心にある会社、ヴァレンスキー貿易の名前が記されていることを確認《かくにん》する。

……しかも、役職は取締役《とりしまりやく》社長。

「あのヴァレンスキー・グループのトップが、こんなに若かったなんて」

私は呆然と言ってしまう。相手は小さくため息をついて言う。

「父親の仕事を気軽に継《つ》いでしまったせいでストレスが溜《た》まることこのうえない。まあ、系列会社の取締役はすべて親戚《しんせき》なので、あまり文句も言えないのだが。……で？」

「はい？」

見つめられて、私は呆然と彼を見返してしまう。彼は少しムッとした顔で、

「男爵の弟だというスケベそうな男には、名刺を渡《わた》していたじゃないか。なのに俺にはくれないのか？」

「え？　ああ……失礼しました」

私はポケットから名刺入れを出し、そこから引き抜《ぬ》いた名刺を彼に差し出す。

「サザンクロス社のタカヒコ・アオヤマと申します」

「優《すぐ》れたコレクションを所有する金持ちの葬儀には、『麗《うるわ》しき黒衣の死神』が現れる。その噂《うわさ》は、いろいろな金持ち連中から聞いていた」

彼は言いながら私の名刺を受け取り、そこに目を落とす。それからふいに私をじっくりと見《み》据《す》えて言う。

「だが……こんなに美しいとは思っていなかった」

母譲《ゆず》りの女顔の私は、美人だの麗しいだのとからかわれるのはしょっちゅう。若い頃は反感や不愉快《ふゆかい》さを感じたが、もうすっかり慣れっこになったはずだった。だが……。

……どうしたんだ、私は？

彼の顔を見つめていると、なぜか鼓動《こどう》が速くなる。

……なぜ、男と見つめ合ってドキドキしなくてはいけないんだ？

彼の顔は彫刻のように完璧に端麗《たんれい》で、その瞳《ひとみ》はまるで質の高い黒曜石のような艶《つや》がある。そしてその表情は、葬儀《そうぎ》の時に感じた静謐《せいひつ》さが嘘《うそ》のようにワイルドだ。

「おとなしくなったな」

彼の男っぽい唇《くちびる》に、ふとセクシーな笑みが浮《う》かぶ。

「俺みたいなハンサムな男に美しいといわれて、ドキドキしてしまった？」

彼の言葉のからかうような響《ひび》きに、思わず見とれてしまっていた私はハッと我に返る。

「まさか。……私は男ですので、少しも嬉《うれ》しくありません」

私は精一杯《せいいっぱい》の冷たい口調で言って彼から目をそらす。窓の外に目をやると、リムジンは市街地に入るところだった。ここからなら、私が泊《と》まっているホテルまで五分程度だ。

「送ってくださってありがとうございます。どこか適当な場所で下ろしていただけませんか？ここまで来れば歩いて行けますから……」

「早めの夕食にする。つきあってくれ。……イワノフ、彼のホテルまで……」

彼は運転手との仕切り窓を開いて言いかけ、それから私を振り返って。

「そういえばおまえが泊まっているホテルを聞いていなかった。荷物がないということはホテルの部屋をまだチェックアウトしていないんだろう？　ホテルの名前は？」

「ですから、そのあたりで……」

「いいから、ホテルの名前を言え。通り過ぎるぞ」

彼の唇から出るのはやけに強引《ごういん》な言葉。だが、なぜか抵抗《ていこう》できないのは、あまりにも自然な口調なことと、その声がテノール歌手のようなとんでもない美声なせいかもしれない。

「ロイヤル・ホテル。この二ブロック先を曲がったところです」

私が言うと、リムジンはその通りに進み、そして小さなホテルの前に停車する。私はリムジンを降り、ドア越《ご》しに男に言う。

「やはりここで……」

私が言いかけた時、彼がいきなりリムジンを降りてきた。そして私の肩《かた》を抱《だ》いてさっさとホテルに入ってしまう。

「荷物を取って来い。すぐにチェックアウトだ。それとも部屋まで一緒《いっしょ》に行って欲しい？」

問答無用の声で言われて、私は内心ため息をつく。

……まったく、なんなんだ、この男は……？

「すぐに戻《もど》ります。ここにいてください」

彼はうなずき、ロビーのソファに腰《こし》を下ろす。みすぼらしいロビーが彼がいるだけでまるで王宮のように華《はな》やいで見える。彼の眩《まばゆ》いオーラに、私は改めて舌を巻く。

……カリスマ性のある大富豪は見慣れていたはずだが……この男のオーラは桁違《けたちが》いだ。

◆

「夕食に付き合ってくれ。いいな？」

小さなボストンバッグとスーツカバーだけを持ち、チェックアウトを終わらせた私を、彼は問答無用でリムジンに押し込んだ。

……何が、いいな、だ。なんて強引な男なんだろう。

私は思うが……やけに真剣《しんけん》な顔で真っ直《す》ぐ見つめられて、葬儀の時の彼の横顔を思い出す。

……あんな悲しげな顔をしていたんだから、彼は男爵《だんしゃく》とは親しいに違《ちが》いない。

私の胸が柄《がら》にもなくズキリと痛む。

……きっと彼は、男爵の思い出話がしたいのだろうな。

「わかりました。お付き合いします」

私が言うと、彼は満足げに微笑《ほほえ》んで、

「夕食にだけ？　それとも朝まで？　やはり朝までだろうな」

私は思わず「そんなわけがないだろう！」と言いそうになるが、これも空元気かもしれない、と思う。

……彼は親しい人を亡《な》くしたばかりなんだ。少しくらいの戯《ざ》れ言は大目に見なくては。

「今夜中に飛行機でロンドンに戻らないといけないので、あまり長居はできません」

私が言うと、彼は意外なほどあっさりとうなずく。

「それならこのまま空港に向かおう」

彼は運転席との仕切り窓を開き、運転手に話しかける。

「イワノフ、このまま空港に向かってくれ」

「かしこまりました」

リムジンはスピードを上げ、私は少し安堵《あんど》する。どこかの高級レストランにでも連れて行かれたとしたら、抜け出すまでに何時間もかかる。私はできるだけ早く本社に戻り、このダイヤモンドを金庫に収めて安心したかった。

……きっと空港ターミナル内のレストランかどこかで済ますのだろう。助かった。

私は思うが……。

◆

「いったいなんのつもりですか？」

驚《おどろ》く私に彼はにっと笑って言う。

「今夜中にロンドンに帰りたいんだろう？　これなら食事をしながら移動できるし、夜の十時にはヒースローに降ろしてあげられる」

驚いたことに、リムジンはターミナルの車寄せには停《と》まらず、そのまま滑走路《かっそうろ》に入ってしまった。そこには純白の小型ジェットが駐機《ちゅうき》していて、私は呆然《ぼうぜん》としたままそこにまた押し込まれてしまったのだ。

さらに驚いたことに、自家用ジェットにはシェフが乗っていて、二人分のコース料理を用意してくれる。機内では電気オーブンくらいしか使えないとは思うのだが、それでも料理は見事だった。

私は覚悟《かくご》を決めてテーブルに並べられた料理を堪能《たんのう》しながら、彼に話しかける。

「それで？　男爵とはどういうご関係だったのですか？　忙《いそが》しい実業家のあなたが葬儀に駆《か》けつけるくらいですから、とても親しかったんでしょう？」

ワインを飲んでいた彼は、小さく肩をすくめて言う。

「俺が彼を知っていたのは二十年も前。それ以来一度も会っていない」

彼の言葉に、私は本当に驚いてしまう。

「では……手紙や電話でのやりとりがあったとか？」

「そんなマメなことがこの俺にできるわけがない。というか……」

彼は小さくため息をついて言う。

「彼は、俺の一族から生涯《しょうがい》かけて逃《に》げ回っていた。彼が名前を変えて商売に成功し、男爵の称《しょう》号《ごう》までもらっていたことを知ってとても驚いた」

……男爵と親しくなどなかったのか？　では、なぜ……。

私はしばらく呆然とし、それから、

「男爵とは親しくなかったのですね。では、どうして私を飛行機に乗せたんです？」

「おまえが好みだったからに決まっているだろう？　せめてロンドンまでの間だけでもデートがしたくて……」

彼は言いかけ、私の目つきに気が付いたのか言葉を切る。それから、

「わかった。率直《そっちょく》に言う。おまえが持っているそのペンダントを、俺に譲《ゆず》って欲しい」

彼の指が、真っ直ぐにペンダントを指差す。上着の内ポケットのある位置を正確に示されて、私はドキリとしながら胸元《むなもと》を見下ろす。ペンダントの重みで不自然な皺《しわ》でも寄っているのかと思ったのだが……オーダーで作った上着はぴしりと皺一つない。

「私はペンダントなど持っていません。あれはすでに警備員の手で本社に運ばれ、地下金庫に眠《ねむ》っています。何度もそう言ったはずですが？」

「本当に？　おまえの動きはどこか不自然だ。何かを隠《かく》しているように見えるんだが」

私はギクリとするが、ここでそれを顔に出してはプロ失格だ。

「おかしな方ですね」

言って微笑んでみせると、彼は私を見つめてため息をつく。

「本当に手ごわいな。しかも笑顔《えがお》が極上《ごくじょう》だ。始末が悪い」

「何をおっしゃっているのか解《わか》りませんが」

もう一度微笑んでやると、彼は少し照れたように目を逸《そ》らす。

「ああ……しかもめちゃくちゃ好みだ。どうしようもないな、俺は」

彼はまたため息をつき、それから覚悟を決めた顔になって私を見つめる。

「じゃあ……今のおまえは『氷河の涙《なみだ》』を持っていないと仮定する。そのうえで大切な話をしなくてはいけない」

彼の顔が何か思いつめたようにも見えて、私はドキリとする。

「なんでしょうか？」

「ええと……」

彼は言葉を選ぶようにしばらく黙《だま》り、それから苛立ったように髪《かみ》をかき上げて、

「ああ、ダメだ。率直に言う。……『氷河の涙』は、もともと俺の一族の持ち物だ。だから返してほしい」

苛立《いらだ》った口調でいい、私を見つめてくる。私はしばらく呆然としてから、

「……は？」

「だから！」

彼はますます苛立ったように言い、いきなり私の両肩《りょうかた》を摑《つか》んでくる。

「返して欲しい。あれは我が一族にとって大切なものなんだ」

彼が真剣な顔で見つめてくる。私は思わず気圧《けお》されてしまいながら、

「一つお聞きしていいですか？……あなたの一族の宝は、どういう経緯《けいい》で男爵の手元にあったのですか？」

彼は一瞬《いっしゅん》言葉に詰《つ》まる。私は彼を強く見返しながら、

「男爵に貸し出し中でしたか？　それともまさか……男爵が盗《ぬす》みを働いたとでも？」

私の言葉に彼はつらそうに眉《まゆ》を寄せる。それからうなずいて、

「彼はもともと俺の家に出入りしていた骨董《こっとう》商の一人だった。とても宝石が好きで、そんな彼に父は『氷河の涙』を見せた。そして……あるパーティーの夜、母が外した『氷河の涙』が何者かに盗まれた。招待客以外で監視《かんし》カメラに映っていたのは彼だけだった」

私はとても驚きながらも、必死でそれを気取られないようにしながら、

「男爵が盗んだという決定的な証拠《しょうこ》でもあるんですか？　でないととても信じられません」

「あのダイヤは俺の一族が持つべきもの。それを持っていたということ自体が、決定的な証拠じゃないか」

男の言い分に、私は呆《あき》れ返る。

……どこでダイヤの噂《うわさ》を聞いたのか知らないけれど、そんな話を信じられるわけがない。

「葬儀《そうぎ》の最中、あなただけは男爵《だんしゃく》の死を悼《いた》んでいるように見えました。それは気のせいだったのでしょうか？」

私が言うと、彼は小さくため息をついて、

「本当なら、彼の手から返して欲しかった。俺はその時をずっと待っていたんだ」

目を伏《ふ》せて残念そうな顔をする。

「だが、彼はその前に亡くなってしまった。もっと前に訪ねていけばよかった」

……では、この男は男爵の死を悼んでいたのではないのか？　しんみりして損をした。

『氷河の涙』を返して欲しい。約束しなければこの飛行機からは降りられない……そう言ったらどうする？」

彼は言い、このうえなく真剣《しんけん》な顔で私を見つめてくる。

……なんて危ないヤツだ。でも、こんな空の上では逃げるに逃げられない……。

とりあえず、彼に話を合わせておくしか逃げるすべはないだろう。私は心を決める。

……こうなったら、やるしかない……。

「わかりました」

彼は私の言葉に驚いた顔をする。

「本当に？」

「ええ。実は秘密にしていたことがあります。しかし、あなたは信頼《しんらい》できそうなのでお話ししましょう……男爵はダイヤを私に売ったのではありません。私は彼に頼《たの》まれただけなのです。ある人にこれを返して欲しいと」

私の言葉に、彼の顔に安堵《あんど》の色が広がる。

「本当に？」

彼は深いため息をついて、

「よかった。彼は改心してくれたんだな？」

とてもホッとしたような声に、ちくりと胸が痛む。しかしそんなものにほだされていてはこちらの身が危ない。

……彼は私が今もダイヤを持っていると確信しているらしい。一番簡単なのは私から無理やりにダイヤを奪《うば》い、私の存在を消してしまうことだ。

私は思い、それから彼に取っておきの笑みを浮《う》かべてみせる。

「しかし、いったん本社に戻《もど》り、上司から譲渡《じょうと》の正式な書類をもらわなくてはいけません。その時に、ぜひ鑑定《かんてい》もさせてください。あのダイヤモンドほどの石を目にする機会は、たとえサザンクロスにいたとしてもそうそうはないので」

彼はなぜか驚《おどろ》いた顔で私を見つめ……それからふいに目をそらす。

「まったく、とんでもない魔法《まほう》を使う死神だ。そんなふうに微笑《ほほえ》まれて、ダメだと言えるわけがないだろう？」

……よし、なんとかこのままごまかして、ともかく飛行機を降りるしかない！

◆

彼の自家用ジェットを降りた私は、会社まで送るという彼の言葉を断って慌《あわ》ててタクシーに乗り込んだ。そしてそのまま、サザンクロスのロンドン本社に向かった。

「……ということがありました。とんでもない目に遭《あ》いましたよ」

私が言うと、上司である鑑定室の室長――グレン氏が、ため息をついて言う。グレン室長の年齢《ねんれい》は五十五歳。白髪《しらが》に地味な色合いのスーツで公務員といった雰囲気《ふんいき》だが、とても優秀《ゆうしゅう》なGGでこの課の最古参。彼のたしかな鑑定眼は世界中の大富豪《だいふごう》から一目置かれている。

「とてもよくある話だよ。世界中に金持ちといわれる人種はたくさんいるが、本当に価値のある宝飾品《ほうしょくひん》や美術品はほんの少ししかない。どんな手を使ってでも手に入れようとするのが、人の常だ」

彼は残念そうな顔をし、それからきっぱりと言う。

「そんな怪《あや》しい男ではなく、男爵の弟さんに譲渡するのが普通《ふつう》だろう？」

「そう……ですよね」

私の声に、グレン室長は心配そうな顔になる。

「もしかしたら、その男が何か言ってこないか心配？」

「そうですね。まあ、住んでいる場所を教えたわけではないので、やるとしても会社への電話くらいでしょうが。ああ……強引《ごういん》な男だったのでもしかしたらリムジンで迎《むか》えに来るくらいのことはするかも」

私の言葉に、室長はため息をつく。

「わかった。それらしき男から会社に連絡《れんらく》が来たら、私に回してもらう。そして『正式な譲渡先が決まった』とごまかしておこう。君があの男と会うことはない」

室長の言葉に、私はホッと息を吐《は》き……しかし、葬儀の時に見たあの男の悲しげな横顔がふと脳裏《のうり》をよぎる。

……もう、私には関係のないことだ。

自分に言い聞かせるが……なぜか胸が痛む。

……いったいどうしたというんだ、私は？

レオン・ヴァレンスキー

「サザンクロス社のミスター・アオヤマから、連絡は？」

深夜まで続いた重役会議を終えた俺は、そのまま社長室に向かった。あれからあの黒衣の死神――青山貴彦からの連絡はない。しかも秘書に連絡をさせたところ、「あのダイヤはしかるべき譲渡先が決まった」と言われた。俺は何かの間違《まち》いだと思い、自分でも彼に連絡をし、伝言を残したが……彼からの連絡はまったくない。

社長室の手前の部屋でコンピュータに向かっていた秘書のイリーナ女史が、すまなそうな顔で俺を見上げてくる。

「いいえ。伝言は何度も残したのですが」

「ありがとう。もう帰っていい。遅《おそ》くまですまなかった」

俺は言い、部屋を突《つ》っ切って俺専用の執務《しつむ》室に入る。

……やはり、嘘《うそ》だったのか……。

自家用ジェットの中で交渉《こうしょう》をした時、彼はずっと俺を疑いの目で見つめていた。しかしふい

た。
しかし、あんなに優《やさ》しげに微笑みながら嘘をつかれたことが、俺は少なからずショックだっ
……あんなにあっさりといくとは、もちろん思っていなかったが。
に表情を変え、あっさりと俺の頼みを承諾《しょうだく》した。

……彼は百戦錬磨《ひゃくせんれんま》の大富豪と戦ってきたオークション会社の社員。それに俺も嘘ならいくらでもついてきた大人。中学生でもあるまいし、いちいちショックを受けてどうする。

俺は広々とした社長室を歩き抜《ぬ》け、窓の外に広がる夜景を見下ろす。

ここはサンクト・ヴァレンスクの中心地、ヤンスクの中心部。右手には金融《きんゆう》街とオフィス街が広がり、左手には観光客が訪《おとず》れる煌びやかな市街地がある。

サンクト・ヴァレンスクは王政の下《もと》で繁栄《はんえい》し、発展を続けている。資源も豊富で、美しいこの国はとても豊かだ。とても恵《めぐ》まれた国だといえるだろうが……ただ一つ欠けたものがある。

……サンクト・ヴァレンスクの至宝、『氷河の涙《なみだ》』はなんとしても取り返す。

俺は広がる夜景を見渡《みわた》しながら心を決める。

俺の脳裏に、彼の眩《まばゆ》い笑顔《えがお》がよぎる、それは美しく、そしてとても憎《にく》らしい。

……覚悟《かくご》しておけ、麗《うるわ》しき、黒衣の死神。

私は男爵《だんしゃく》から渡《わた》されたあのダイヤモンドの鑑定を進め、そしてそれがとんでもなく価値の高いものであることを確かめていた。最初は百五十億円相当だろうと思っていたが、あの中石は間違いなくDカラーのフローレス、最高ランクの石だった。もしも売るとしたら二百億円を超《こ》える、とんでもない価値のあるものだ。

……しかし、男爵の遺言《ゆいごん》には従わなくてはいけない。

私は、あのペンダントを男爵の弟であるアルバン氏に譲渡する手続きを進めていた。その手続きは、あと数日で終わるはず。私は事務処理を室長に頼《たの》み、以前から馴染《なじ》みだったベルギーの大富豪のところで一仕事を終え、本社に戻《もど》ってきたところだ。

「……というわけで、この『スリランカの青い泉』は、無事に我が社が買い取れることになりました」

私は鍵《かぎ》付きのアタッシェケースから、白いプラスティックの箱を取り出す。五センチ四方の小さな箱で、安っぽいピルケースにしか見えない。私が交渉に向かったインドの大富豪の屋敷《やしき》では豪華《ごうか》な金張りの宝石箱に入れられていたが、そんなものまで買い取るわけにはいかないし、いかにも宝石が入っていそうなケースでは盗難《とうなん》に遭いそうで危険だ。安っぽい見かけのものを盗《ぬす》むバカはどこにもいない。私はプラスティックケースの蓋《ふた》を開け、中に入っていた分厚い真綿の包みを取り出す。ずしりとしたそれをベルベットのトレイに載《の》せ、真綿をそっと取り除く。最

現れたのは目を射《い》るような鮮《あざ》やかな矢車菊の青。博物館に収蔵されていてもおかしくない。最高ランクの巨大なサファイアだ。

「ううーん」

グレン室長が感心したように唸《うな》る。

「図鑑《ずかん》でしか見たことがなかったが……さすがに本物はすごいな」

「えっ、現物があるんですか？」

同じ課のメンバーが次々に立ち上がり、デスクの周りを取り囲む。

「すごい。なかなか見られないようなランクの石だ。しかもこの大きさ」

「さすがアオヤマ。とんでもないものを持って帰ってくるなあ」

感心したため息をついたのは、ダグラス。まるでスポーツ選手のようにガタイがいいので誰《だれ》もそうは思わないだろうが、やはり優秀《ゆうしゅう》なＧＧ。私の三年先輩《せんぱい》だ。彼の豪放磊落《ごうほうらいらく》な性格を気に入っている大富豪《だいふごう》も数多い。

「このランクだといくらくらいになりますかね？　なんか、あんまり美味《おい》しそうで、食べたく

なってしまうなあ」

新人のワッツが、うっとりした声で言う。明るいソフトスーツに派手なネクタイ。長身で学生時代はモデルをやったこともあるらしい。まだ経験が浅いので一人では仕事をさせられないのでグレン室長の補佐《ほさ》が多いが、カルそうな見かけに反して鑑定眼《かんていがん》は一流なので不思議だ。

「喰《く》うな。博物館に展示されていてもおかしくないランクの石だぞ」

グレン室長が呆《あき》れた声で言って、私の顔を見上げる。

「ともかく、よくやった」

室長は言って、唇《くちびる》の端《はし》に満足げな笑みを浮《う》かべる。

「他社が十年間も断られ続けていた買い取りを、君はたった二週間で成功させてしまった。さすがは美貌《びぼう》の死神と呼ばれるだけのことはある。……どんな手を使ったのか教えてくれないか」

その言葉に私はため息をついて、

「別に大鎌《おおがま》を振《ふ》り回して脅《おど》したわけではありません。モンド夫人は孤独《こどく》な暮らしをなさっていました。ほんの少し話し相手になっただけです」

「……だって。見習えよ、新人！」

ダグラスが言って、ワッツの肩《かた》をバンバンと叩《たた》く。ワッツは眉《まゆ》をひそめて、

「うわあ、痛いですよ。……しかしアオヤマさんは本当に格好いい。俺も頑張《がんば》らないとなあ」

「そうそう早く一人前になってくれよ」

グレン室長が言う。そして彼らは口々に言い合いながら自分のデスクに戻っていく。私は苦《く》笑《しょう》してから室長に向き直る。

「ところで……出張中に、あの男からの連絡《れんらく》は……」

「あの男？　ああ……君にご執心《しゅうしん》の若き実業家か」

室長は可笑《おか》しそうに言う。

「彼本人、そして秘書だという女性から何度か電話があったのだが……君がベルギーに行った頃《ころ》からまったく連絡がなくなった。リムジンを見かけたという報告もない。そろそろあきらめたんじゃないのか？」

「それは……よかったです」

その言葉にため息をつく。

「あきらめたということは、私に話したあの話はやはり嘘だったんでしょうか？」

私は思わず言い、そして心を占《し》めているのが安堵《あんど》だけではなく落胆《らくたん》であることに気づいて、ドキリとする。

……私はどこかで、あの男の言ったことが真実であることを望んでいたのだろうか？

室長はチラリと眉を上げ、唇の端におかしそうな笑みを浮かべる。

「あの男の肩を持つような言い方だ。そんなにハンサムだったか？」

「ふざけないでください。私は……」

思わず声を荒《あら》らげた私の言葉を、室長は手を上げて遮《さえぎ》る。

「ああ……ただの冗談《じょうだん》だ。その実業家があきらめてくれてよかったじゃないか。これで仕事がスムーズに進む」

彼はため息をついて、

「男爵の弟……アルバン氏にペンダントを返し、それを言い値で買い取る。それで仕事は終わりだ」

「そうですね」

私はうなずき、そしてトレイの上の宝石を再び真綿で包む。壁《かべ》の時計を見上げると、すでに退社時間を過ぎている。私はふいに旅の疲《つか》れを感じる。

「報告書は家で書いてきます。今日はもう帰ってもいいですか？」

言うと室長はうなずいて、

「ああ。お疲れさん。なんなら休みをとってもいいぞ。休暇《きゅうか》が溜《た》まっているだろう？」

「そうはいきません。……これは地下の金庫に入れてきますね」

私は言いながらケースを持ち上げ、鑑定室のメンバーを見回す。

「お先に。お疲れ様です」

お疲れ様、という言葉を背中に聞きながら、私は鑑定室を出る。

廊下《ろうか》を歩いてエレベーターホールに出て、下行きのボタンを押す。すぐに来たエレベーターに乗り込み、内ポケットから出したセキュリティーカードを壁のスリットに入れる。赤かったランプが青く点灯し、エレベーターの扉《とびら》がゆっくりと閉まり、下降を始める。

地下金庫には、セキュリティーカードを渡されている選ばれた社員しか行くことができない。しかも気軽に中を覗《のぞ》くことなど許されていないので、行くのは高価な商品を預かってきた時、商談が成立した時。地下金庫に向かう時間は、私にとって胸の弾《はず》む時間だ。

……だが、今夜は少し複雑な気分だ。あの男が、おとなしくあきらめたなんて。

壁に寄りかかりながら、私は小さくため息をつく。

……面倒《めんどう》なことにならなくてよかったじゃないか。あきらめたということは、彼が嘘《うそ》をついていたのだろう。一族がどうのこうのという理由が本当ならば、黙《だま》って男爵の弟にあのダイヤを引き渡させるわけがない。

葬儀《そうぎ》に参列していた時の彼の沈鬱《ちんうつ》な表情を思い出し、心が、なぜかちくりと痛む。

……あんな顔一つでほだされるなんて。私もまだまだ甘いな。

自嘲《じちょう》した時、エレベーターがゆっくりと止まった。扉が開くと、その向こうは広いエレベーターホール。数種類の木材でモザイク模様が描《えが》かれた床《ゆか》、美しいアールヌーヴォー調のガラス彫刻《ちょうこく》がはめ込まれた壁。名のあるコレクターだった創始者がデザインしたと言われる美しいホールだ。ホールの正面には重厚《じゅうこう》な木材で作られたカウンター。その脇《わき》にある彫刻が施《ほどこ》された金属製の扉は金庫への入り口で、両側に警備員が二人常駐《じょうちゅう》している。一応ダークスーツ姿だが、万が一のことに備えて常に銃《じゅう》で武装しているはずだ。

「おお、ミスター・アオヤマ」

カウンターの中にいた顔見知りの社員が、ファイルから目を上げて声をかけてくる。

「今度はどんな宝物ですかな？」

白髪《しらが》とにこやかな表情の彼は、ヨハンソン。この会社では『地下の金庫番』と呼ばれている男性で、あと数年で定年退職という年齢《ねんれい》だ。二十歳《はたち》の頃からここで金庫番を務めているという彼は、とんでもない審美眼《しんびがん》の持ち主だと私は思っている。

「『スリランカの青い泉』を買い取ることができました」

「本当ですかっ？」

彼は興奮した様子でカウンターに身を乗り出す。

「見せていただいてもよろしいですか？」

私はエレベーターホールを突《つ》っ切ってカウンターに近づき、ポケットからプラスティックケースを取り出す。彼は苦笑して、

「そういえば警護部の主任がぼやいていましたよ。どんな高価な宝石でもミスター・アオヤマは自分でお持ちになると。ご自身が目を引く美人な上に高価な宝石を所持しているので、警備の人間は、あなたごと誰かにさらわれてしまうのではないかと気が気ではないと」

私は、金庫の脇に立っている警備員達に目をやる。こちらをうかがっていた二人は私と目が合ってそのまま硬直《こうちょく》する。

「私はそれほど弱くはありません。それにこの会社の警備員はそれほど間抜《まぬ》けではない。私ごときちんと守ってくれるはずです。……そうですね？」

にっこりと微笑《ほほえ》みかけてやると、警備員が二人とも真っ赤になる。年上の警備員が、

「もちろんです、ミスター・アオヤマ！」

踵《かかと》をそろえて軍隊式に言う。どこまでも真面目《まじめ》な警備員をからかうのはなかなか面白《おもしろ》い。私は苦笑し、カウンターに置いたプラスティックケースの蓋《ふた》を開いて綿を取り除く。

「……おお……これは素晴《すば》らしい……」

彼は感激したような声で言う。

「……さすがミスター・アオヤマ。本当にお目が高い」

彼の言葉に、私は柄《がら》にもなく嬉《うれ》しくなる。私が買い取ったさまざまな宝飾品《ほうしょくひん》や美術品を、彼は正しく評価してくれる。金庫に来るこの時間は私にとっても楽しみだ。

「そういえば、もうすぐあの巨大《きょだい》なダイヤを持っていかれてしまうらしいですね」

金庫の扉を開きながら、ヨハンソンが残念そうに言う。

「ずっとここに置いて、ずっと愛《め》でていたかったのですが」

その言葉に、私の胸がまたズキリと痛む。本当にアルバン氏に渡《わた》していいのか、微《かす》かな疑問

が胸の奥をよぎる。

「あのダイヤは正当な持ち主に返されます。残念ですが」

……そうだ、弟が正式な持ち主、そうに決まっている。

◆

『スリランカの青い泉』を金庫に収めた私は、本社前の階段を下りて歩道に出てフラットに向かって歩き出す。私の部屋はここから徒歩五分。会社が借りてくれた贅沢《ぜいたく》な物件だが、海外出張が多いのでほとんど帰ることもない。荷物もない部屋は、いつまでもわびしいばかりだ。

……どこかのパブにでも寄って、軽い夕食とビールでも……。

私が思った時、私のすぐ脇に一台のリムジンが停車し、後部座席の扉が開いた。驚《おどろ》いている間に身体《からだ》が抱《だ》き上げられ、そのままリムジンの中に押し込まれてしまう。

「いったい何を……！」

言いかけた私は、滑《すべ》り込んできた男の顔を見て言葉を途切《とぎ》れさせる。

「……あ……っ」

彼は私の隣《となり》に座り、ドアを閉めてしまう。リムジンがそのままゆっくりと走り始める。

「美人だと思って優《やさ》しくしすぎたな」

すぐそばから睨《にら》み下ろしてくるのは……男爵《だんしゃく》の葬儀の時に出会ったあの男だった。

「おまえはこの俺を怒《おこ》らせた。思い知ってもらわなくてはいけない」

その瞳《ひとみ》の奥にはとても獰猛《どうもう》な光があり、彼の口調には激しい怒《いか》りが含《ふく》まれている。私は気圧《けお》されそうになるが……ここでひいてはいけないと自分を叱りつける。

「なんのことですか？　あなたが何に怒っているのか、私には想像もつきません」

私が言うと、彼は唇《くちびる》の端《はし》を引きつらせる。それから低い声で、

「俺の部下が調査したところでは、男爵の弟はペンダントを兄から引き継《つ》ぐのだと周囲に言いふらしているそうだ。引き継いだ後はおまえの会社に売り、その代金の一部を寄付に回すのだとか」

そう言って、彼は瞳をギラリと光らせる。

「あのペンダントは俺の一族のものだ。あの男に渡すことは許さない。返してもらおうか」

返す、という言葉になぜかドキリとする。会社の調査部の報告書にも、男爵の弟にあのペンダントを引き渡すことが妥当《だとう》であると書いてあった。だが、私の心の中には男爵が言った「返す」という言葉がまだ微かに引っかかっている。

……もしもこの男の言う「盗《ぬす》まれた」という言葉が正しければ、男爵が言った「返す」という言葉はぴったりくる。しかし……やはりこの男の言うことはあまりにも荒唐無稽《こうとうむけい》だ。

「あれは、彼のご遺族に譲渡《じょうと》されることがすでに決まっています。もう、忘れたらいかがです

か？」

その言葉に、男の顔に本気の怒りがよぎる。

「あの宝飾品は我が一族にとってとても大切なもの。そんなことは許さない」

「あのペンダントは我が社の地下金庫にあります。そして担当GGである私の許可なしにはそこから出すことはできません。あなたが怪盗《かいとう》で、そこに盗みにでも入れば別ですが？」

私が言うと、彼はその顔に獰猛な笑《え》みを浮《う》かべる。

「なるほど。さすがは社交界で『麗《うるわ》しき黒衣の死神』と噂《うわさ》されるだけのことはある。本気で気に入ったよ」

彼はリムジンを発車させ、そして私を見つめる。

「おまえの許可が必要なら、おまえを説得するしかないな。あのペンダントの持ち主に相応《ふさわ》しいのは俺だということを、理解してもらおう」

「理解？」

私は微かな怯《おび》えを感じながら、彼を見上げる。

「ですから、あのペンダントは、もうすぐ……」

彼の手が、私の二の腕《うで》をしっかりと摑《つか》む。

「本物の持ち主に返すというのは、男爵の遺言《ゆいごん》だったのだろう？　返す相手を間違《まちが》えてしまったら大変なことになる。……本当に自信があるのか？」

ずっと心の中にあった不安な気持ちをずばりと言い当てられて、私は一瞬《いっしゅん》たじろいでしまう。彼はそれを見抜《みぬ》いたように視線を鋭《するど》くして、

「自信がないんだろう？……二週間でいいから俺に時間をくれ。その間に、俺が正当な持ち主であることをおまえに信じさせてやる」

「いったいどうする気なんですか？　また荒唐無稽なことを言って、私を煙《けむ》に巻くつもりですか？」

私の言葉に彼の顔に怒りがよぎる。しかし彼は眉《まゆ》を微かに寄せただけで低く言う。

「このまま私の故郷、サンクト・ヴァレンスクに向かう。二週間でおまえを説得し、ダイヤを返してもらう」

彼の黒い瞳に、激しい炎《ほのお》が見える。

「そのためなら、どんな手でも使う。覚悟《かくご》するんだな、黒衣の死神」

怒りを浮かべた彼は、まるで炎のようなオレンジ色のオーラを放っているようだ。私は思わず恐《おそ》れを感じ……しかしここで負けてしまったらオークション会社の社員として失格だ、と思う。

……しっかりしろ。男爵の遺言を遂行《すいこう》するのが、彼の最期《さいご》を看取《みと》った私の義務だ。

「わかりました。ともかく二週間、譲渡を遅《おく》らせます。その間に、アルバン氏の言うことが正しいか、あなたの言うことが正しいかを見極《みきわ》めさせていただきます。それが、男爵の供養《くよう》にも

なるでしょう」

私は言いながらスマートフォンの画面に指を触《ふ》れ、室長の携帯電話《けいたいでんわ》のナンバーを表示させる。

「会社に許可を得ます。正式な仕事として、あなたのそばに滞在《たいざい》することになります」

通話ボタンを押すと、短い呼び出し音の後にすぐグレン室長の声が聞こえる。

『このナンバーはアオヤマくんだろう？　こんな時間にどうした？　今日は早めに帰ったのに、何か忘れ物？』

室長の声が聞こえる。後ろでは電話の着信音や人の話す声が聞こえている。彼はまだオフィスにいるのだろう。私の置かれている状況《じょうきょう》と、日常のギャップを感じて私はなんと言っていいのか迷う。それから正直に言うしかないと覚悟を決める。

「会社を出たところであの男に拉致《らち》されました。今、彼のリムジンで空港に向かっています」

『ええっ！　あの男に拉致された？』

室長が大声を上げ、ほかのメンバーが驚いた声を上げているのが聞こえる。

『大丈夫《だいじょうぶ》なのか？　何かされていない？』

「大丈夫です。ですが、あのダイヤモンドの譲渡を遅らせ、その間にアルバン氏と自分の言い分のどちらが正しいのかを判断するように言われています。脅迫《きょうはく》ではありませんが、まあ似たような状況でしょうか？」

私が言うと、彼はチラリと肩《かた》をすくめてみせる。

「ともかく、あのダイヤの譲渡を二週間遅らせてください。私はこれから彼の故郷だというサンクト・ヴァレンスクに向かいます」

『サンクト・ヴァレンスク？　そんなところまで拉致されるのか？』

グレン室長が驚いたように言う。私は、

「彼の国に行けば、何か決定的な証拠《しょうこ》が見つかるかもしれません。ともかく、あのダイヤのことをよろしくお願いします」

『それはわかったけれど……何か危険な目に遭《あ》いそうだったら、すぐに逃《に》げるんだよ。休暇《きゅうか》ではなくて仕事扱《あつか》いの出張だという書類を出しておくからその点も安心してくれ』

「わかりました。よろしくお願いします」

私は電話を切り、それから目の前の男を見つめる。

「これで満足ですか？　この私に二週間もの時間をとらせたんです。あのダイヤがあなたのものである証拠を、きちんと見せていただきますよ」

私が言うと、彼は男らしい唇に獰猛な笑みを浮かべる。

「覚悟を決めたのか。強いんだな。おまえは俺の好みにぴったりだ」

彼は私に言い、いきなり私の顎《あご》を指先で持ち上げる。驚《おどろ》いている間に、一気に彼の美貌《びぼう》が近づいて……。

気づいた時には、私はキスを奪《うば》われていた。

見た目よりも柔《やわ》らかい彼の唇が私の唇を包み込む。呆然《ぼうぜん》としている間に舌が口腔《こうこう》に滑り込んできて、私の舌を淫《みだ》らに舐《な》め上げる。

……キス？　嘘《うそ》だろう……？

「……ん……っ」

背中を走った不思議な戦慄《せんりつ》に、私の身体《からだ》が震《ふる》える。彼は私の舌を甘く吸い上げ、仕上げのように軽いキスをして、顔をゆっくりと離《はな》す。

「ダイヤを返してもらうだけではなく、おまえも手に入れよう。よし、決まりだ」

やけに甘く囁《ささや》かれて、私は鼓動《こどう》が速くなり……そんな自分が許せなくて……。

パン！

私の手が、彼の頬《ほお》を思い切り叩《たた》く。

「私に手を触れるな、このケダモノ！」

私は精一杯《せいいっぱい》の強さで叫《さけ》ぶが……彼は、可笑《おか》しそうに笑って言う。

「ケダモノ？　ああ、ケダモノと呼んでくれて結構だよ」

彼は私の耳に口を近づけ、やけにセクシーな声で囁いてくる。

「おまえのすべてを自分のものにする日が楽しみだ」

背中にやけに甘い震えが走り、私は手を振《ふ》り上げて再び彼の頬を思い切り叩く。

「面白《おもしろ》いな。黒衣の死神というよりは、綺麗《きれい》で気の荒《あら》い黒猫《くろねこ》だな」

彼が楽しそうに言うのを聞いて、私は思わず脱力《だつりょく》する。
……ああ……前途《ぜんと》多難な予感がする……。

レオン・ヴァレンスキー

……本当なら、『氷河の涙《なみだ》』を取り戻《もど》すことができればよかった。だが……。

窓際《まどぎわ》のシートに座った俺は、彼が消えたシャワールームのドアを見つめながら思う。

……どうしても、彼が欲しくなった。

最初に見た時には人形のようだと思った彼の美貌《びぼう》は、よく見ればとても表情豊かだった。からかうと瞳《ひとみ》に怒《いか》りの光をひらめかせ、褒《ほ》めれば動揺《どうよう》したように瞬《まばた》きを速くし、挑発《ちょうはつ》する言葉を投げればつれない言葉を吐《は》きながらも微《かす》かに頬《ほお》を染める。

……やけに可愛《かわい》らしいじゃないか。そのギャップは反則だろう。

思い出すだけで鼓動《こどう》が速くなるのを感じながら、俺はため息をつく。

……今夜が思いやられる。

ロンドンから、サンクト・ヴァレンスクにあるヴァレンスク国際空港までは七時間。俺が彼を連れて行く予定の別荘《べっそう》まではさらに車で二時間。到着《とうちゃく》は明日の早朝の予定だ。

シェフが用意してくれた軽めの夕食の後、「空港に到着するまであと五時間ほどだが、少しでも休んだ方がいい。シャワーを浴びてベッドで寝《ね》てくれ」と言うと、彼はかなりホッとした顔をした。口には出さなかったが疲《つか》れていたのかもしれない。

……彼はよくわかっていないようだが、このジェット機にはベッドルームは一つ。キングサイズだがベッドも一つ。寝るとしたら俺も一緒《いっしょ》、ということになるのだが。

この自家用ジェットは俺がビジネスに活用しているもので、大きさはジャンボジェット機の三分の二程度。小型ジェットでも移動だけはできるが、シートに座っているだけの時間があまりにももったいない。そのために移動中でも仕事を続けられ、さらに快適に過ごせる最低限のものが揃《そろ》ったこの個人用のジェット機を購入《こうにゅう》した。もちろん、自分のポケットマネーで。

旅客機ならファーストクラスにあたる場所に、スタッフとSP用のシート、そして彼らのためのシャワールームと更衣《こうい》室。その後ろには十人程度の人間が会食できるダイニング。普段《ふだん》の会議は世界中の支社と結んだインターネットカメラで済ませるが、どうしても顔をあわせる必要のある重役ミーティングの時にはここを使うことが多い。

下部には荷物用の倉庫と厨房《ちゅうぼう》。旅客機のギャレーのような狭《せま》い空間ではなく、小さめのレストランの厨房くらいはある。もちろん飛行機の中で火気を使うことはできないが、シェフ達はそれが信じられないくらいの素晴《すば》らしい料理を提供してくれる。

そして飛行機の後ろ半分は俺のプライベートスペースになっている。ベルトは付いているが座り心地《ごこち》はソファと変わらないゆったりとしたシートの並ぶ個人用のリビング。最新鋭《さいしんえい》のPC

を揃え、会社の社長室と同じくらい便利にしつらえた書斎《しょさい》。そして一人掛《が》けのソファとキングサイズのベッドがあるベッドルーム。その奥には脱衣《だつい》室を備えたシャワールームがある。バスタブまで完備とはいかないが、たっぷりとした広さがあるので一日の疲れを洗い流すには十分だろう。

カチャ、という音がしてバスルームのドアが開く。白いタオル地のバスローブを着た彼が、髪《かみ》をタオルで拭《ふ》きながら出てくる。甲《こう》の薄《うす》い白い裸足《はだし》が、絨毯《じゅうたん》を踏《ふ》む。桜色に染まる指先、真《しん》珠貝《じゅがい》のような艶《つや》を持つ爪《つめ》。ワイン色をベースにしたシルクの絨毯によく映《は》える。

ジロジロ見ていてはいけないと思いながらも、俺は彼から目が離《はな》せなくなる。

華奢《きゃしゃ》な足首、バスローブの裾《すそ》から伸《の》びるほっそりとした脚《あし》。もちろん膝《ひざ》より下しか見えないが、その上を想像しただけで眩暈《めまい》がしそうだ。

腰《こし》の位置が高く、タオル地の紐《ひも》で縛《しば》られたウエストは引き締《し》まって細い。彼のスーツ姿がやけに色っぽいのは、腰骨《こしぼね》の高さとウエストの華奢さが原因だろう。

彼らしくなくしどけなく開いた襟元《えりもと》から、真珠のような肌《はだ》が覗《のぞ》いている。形のいい鎖骨《さこつ》、平らな胸。珠《たま》のような水滴《すいてき》を浮《う》かべたその肌の滑《なめ》らかさに、どうしても目が離せない。

「……ふう」

彼は髪を拭きながら満足げなため息をつき、気配を感じたように顔を上げ……。

「うわっ！」

まう。

俺を見て、とても驚《おどろ》いたように声を上げる。開けっぴろげな驚きの様子に、思わず笑ってし
「どうしてここにいるんですか？　ベッドを貸してくださるのではなかったんですか？」

彼は本気で怒《おこ》ったように叫《さけ》ぶ。シャワーで火照《ほて》った頬がさらに濃《こ》いバラ色に染まり、本当にたまらなく色っぽい。

「ベッドは貸そう。ただし、半分だけだ。もう半分には俺が寝る」

俺の言葉に、彼は愕然《がくぜん》とした顔で目を見開く。それからいかにも不愉快《ふゆかい》そうに眉《まゆ》を寄せて、

「でしたら私は服を着て、どこか別の場所に行きます。飛行機の前部にはシートがありましたよね？　そこを一席貸していただければ……」

「この間会った時よりも疲れた顔をしている。……仕事が忙《いそが》しかったのか？　パスポートを持っていたということは出張から帰ったばかりだったとか？」

俺が言うと、彼は観念したようにため息をつく。

「数時間前に、ベルギーへの出張から戻ったばかりです。空港から報告のために会社に寄り、そのままあなたに拉致《らち》されました。……価値の高いサファイアを譲《ゆず》ってもらうためにあちらでは働きづめで、三日ほどまともに寝ていません」

言ってチラリと俺を睨《にら》んでくる。

「今夜こそ、ゆっくり眠《ねむ》れると思ったのですが」

情報部の報告では、『氷河の涙』の引き渡《わた》しの日時が迫《せま》っていた。一刻の猶予《ゆうよ》もないと判断したので思い切ったやり方をしたが……少し可哀想《かわいそう》なことをしてしまった。

「だからベッドを提供すると言っている。二人で寝ても十分な広さがあるはずだ。そんなに寝相が悪い？　それとも俺に寝顔を見られるのが恥《は》ずかしいのか？」

言うと、彼は呆《あき》れた顔で俺を見つめ、ふいに踵《きびす》を返してシャワールームに入ろうとする。

「着替《きが》えてほかのシートで眠る気か？　そんなことをしたら抱《だ》いて連れ戻してやる。ＳＰや使用人達にそんな姿を見られたければ別だが」

俺が言うと、彼はさらに眉間《みけん》の皺《しわ》を深くして、やっぱりケダモノだ、と呟《つぶや》く。

「安心しろ、寝込みを襲《おそ》うほど飢《う》えてはいない」

俺はシートから立ち上がり、ベッドルームの隅《すみ》に設置してある小型のクローゼットを開く。

「俺もシャワーを浴びてくる。襲われたくなければおとなしく眠ってしまうことだ。ああ……もしも発情しているのだとしたら遠慮《えんりょ》なく……」

彼がいきなり俺にタオルを投げつける。

「そんなわけがないでしょう！」

俺は本気で笑ってしまいながらタオルを片手で受け止め、クローゼットから出した予備のパジャマと下着をベッドの上に放《ほう》る。どちらもイタリアから取り寄せているシルクで、届いたばかりの新品だ。

「これを使ってくれ。それから暗い方がよければ、電気は消しておいても大丈夫《だいじょうぶ》だから。……おやすみ」

言って脱衣室に入る。彼の恥ずかしそうに染まった頰を思い出すだけで、なぜか鼓動が速くなる。

……ああ、今すぐにベッドルームに戻り、彼を抱き上げ、そのままベッドに押し倒《たお》してしまいたい。

脱衣室のドアに背中を預け、俺は深いため息をつく。

……俺は、あの麗《うるわ》しき死神に、本当にやられてしまったみたいだ。

青山貴彦

……眠れるわけがないじゃないか！

パジャマに着替えた私はベッドに入り、暗闇《くらやみ》の中で目を見開いている。あんな男と同じベッドに寝るくらいなら、狭くてもいいのでどこかのシートで眠りたかった。だが、そんなことをしたらあの男は本当に私を抱いて連れ戻《もど》しそうな気がする。それに、何よりも……。

彼は挑発《ちょうはつ》するような言葉を言ったが、その目はずっとからかうように笑っていた。まるで、どうせ怖《こわ》がって逃《に》げるんだろう？　とでも言いたげに。

……くそ、逃げてたまるか。男と寝るくらい、なんでもない。

私は思い、それからやけにセクシーだった彼のキスを思い出す。そういうことに慣れきっているのか、彼のキスはとても巧《たく》みで、眩暈すら覚えてしまった。今も、思い出すだけで鼓動《こどう》が速くなって頬《ほお》が熱くなる。

……いや、もちろん、キスも、おかしなことも、まっぴらごめんだが。

仕事の関係で富豪《ふごう》達との付き合いが増えたせいか、それとも『黒衣の死神』などというおかしなあだ名が想像力を掻き立てるのか、私はいつの間にか百戦錬磨《ひゃくせんれんま》の遊び人と噂《うわさ》されるようになった。遺族の女性（時には男）からのあからさまな誘《さそ》いは後を絶たない。それだけでなく、老貴族を誘惑《ゆうわく》し、腹上死させたのだろうと言われたことが何度もある。時間をもてあました金持ち達の想像力の逞《たくま》しさには、本当に呆れ返る。

……本当の私は、まともに恋《こい》すらしたことがないのに。

すでに亡《な》くなっているが……私の祖父母は銀座の裏道に小さな骨董《こっとう》品店を開いていた。主にアンティークジュエリーを扱《あつか》う店で、祖父が海外から買い付けてきた美しい宝飾品《ほうしょくひん》に、子供だった私はうっとりと見とれたものだ。そして将来は宝石にまつわる仕事がしたい、と猛勉強《もうべんきょう》をしてアメリカに留学し、さらにGIAのGGとしての資格を取った。

日本人ということで目立っていたせいか女性から（たまに男性から）の誘いは後を絶たなかったが、私にとっては宝石がすべてだった。断りきれずに付き合った女性はいないでもなかったが、長続きはしなかった。経験としてはキス止まり。しかも無理やりされたもので……。

私は思い……ハッと気づく。

……そういえば、あの男にも無理やりキスをされたんだった。まったく、なんて男だ！

私はため息をつき、シャワールームに背を向ける形で寝返《ねがえ》りを打つ。気密窓の向こうに美しい星空が広がっていることに気づいて、私は思わず見とれる。

……星を見るのなんて、とても久しぶりな気がする。

この数年、私は一人前のGGになるためにと頑張《がんば》って来た。GGにとってはできるだけたくさんの高価な宝石を見、それを目に焼き付けるという作業がとても大切だ。さらに私を頼《たよ》ってくれる老富豪たちのためにはできるだけのことはしてあげたかった。私は世界中を飛び回って仕事をし、食事も睡眠《すいみん》も最低限。星空を見上げるようなのんびりした時間など、皆無《かいむ》だったことに気づく。

……あの強引男《ごういんおとこ》には本気で呆れるが……少しは感謝してやってもいいかもしれない。

私は欠伸《あくび》をしながら思う。

キングサイズのベッドは高価なものらしく、適度な硬《かた》さで身体《からだ》をふわりと受け止めてくれている。さらに彼が貸してくれたパジャマは質のいい厚手のシルクで、滑《なめ》らかな肌触《はだざわ》りと柔《やわ》らかな質感に包まれているだけで、あまりの心地《ここち》よさに眠気が増してしまって……。

……ああ、寝てしまってどうする？

私は必死で起きていようとしながら思う。

……あの男が隣《となり》に入ってきたら、何をされるかわからないんだぞ？

思うが……激しい眠気に意識が遠のきそうだ。

……いや……彼は結局は何もしない気がする。

彼の傍若無人《ぼうじゃくぶじん》さとその行動力には呆れ返るし、怒《いか》りを覚える。だが、彼のことがなぜか不愉快ではない。彼には抗《あらが》いがたい迫力《はくりょく》だけではなく不思議な品があり、本当に嫌《いや》なことを強引にしてくるとは思えなくて……。

「……ふわ……」

私はもう一度欠伸をし、そのまま眠りの中に引き込まれて……。

レオン・ヴァレンスキー

……年甲斐《としがい》もなく、何を緊張《きんちょう》しているんだ？

俺は自分をからかい、そしてゆっくりと扉《とびら》を開ける。

ベッドルームは闇《やみ》に沈《しず》み、気密窓から差し込む月の光だけが唯一《ゆいいつ》の明かりだった。俺は彼の眠《ねむ》りを妨《さまた》げないように脱衣《だつい》室の明かりを消し、そっとドアを閉める。

彼はベッドの端《はし》に小さくうずくまり、ぐっすりと眠っていた。

「そんなに端にいたら、ベッドから落ちてしまうぞ」

俺はベッドの脇《わき》に立ち、彼に話しかける。だが彼は熟睡《じゅくすい》しているようで、安らかな寝息で答えるばかりだ。俺は身体を覆《おお》う毛布をとりのけ、彼の背中と膝《ひざ》の裏にそっと手を入れる。くったりと脱力《だつりょく》したその身体は子供のように体温が高く、しかもその首筋からはレモンとハチミツ、それに色っぽいジャスミンを混ぜたような、眩暈《めまい》がするほどいい香《かお》りがする。

……しまった、我慢《がまん》ができなくなりそうだ。

リムジンの中で奪《うば》った強引なキスが、唇《くちびる》に蘇《よみがえ》る。彼の唇は冷たそうな見た目に反してとても柔《やわ》らかく、俺はタガが外れてしまった。ほんの少し脅《おど》すつもりだっただけなのに、夢中になって奪い、そして彼に叩《たた》かれることになった。

……あんな華奢《きゃしゃ》な手では、いくら叩かれても少しも痛くはないのだが。

俺は彼を起こさないようにそっとそのまま抱《だ》き上げて、ベッドの真ん中に移動させてやる。

「……ん……」

彼の唇から、小さなため息が漏《も》れる。首筋をくすぐったあたたかな息に、鼓動が速くなる。

……ああ……このまま彼の首筋に喰《く》らいつき、このしなやかな身体を覆うものをすべて剝《は》ぎ取り、彼のすべてを奪ってしまえたら……。

俺の身体の奥に眠っている獣《けもの》が、もぞりと蠢《うごめ》く。その欲望《よくぼう》の強さに俺は自分で驚《おどろ》く。

……いけない。本当にどうしたというのだろう?

彼と会うのはこれが二度目。話したことといえばダイヤのことばかり。いや、話したというよりは口論だった。

……なのに、どうしてこんなに心が揺《ゆ》らされるのだろう?

俺はベッドの上で彼を抱いた格好で、動けなくなる。薄《うす》いシルクの布地越《ご》しの彼のしなやかな身体の感触《かんしょく》、静かな寝息と肌《はだ》から立ち上る芳香《ほうこう》。それはあまりにも扇情《せんじょう》的だった。

二十代後半の健康な男として、ごく平均的な恋愛《れんあい》経験はある。どちらかと言えばもてる方なのではないかと思う。だがいつも相手からの強い要望に負けて試《ため》しに付き合ってみるだけで、相手に対して執着《しゅうちゃく》を感じたことがない。相手は揃《そろ》って、情熱的な男だと思ったのに冷たい、失望した、と俺をののしり、別れを切り出す。そして俺があっさりと承諾《しょうだく》することにさらに怒り、去っていく。俺はいつも呆然《ぼうぜん》と取り残されるばかりだ。

俺の頭の中には常に仕事のことがある。恋愛などに費《つい》やす時間はあまりにも無駄《むだ》だと思えて仕方がなかった。自分は冷たい人間で、恋には向かない、そう思っていた。

……なのに……。

この麗《うるわ》しい一人の青年の前では、今までとはまったく違《ちが》う自分に変わってしまう気がする。

……まるで初めての恋をした中学生のようじゃないか。これが、運命の出会いというやつなのだろうか？

俺は彼を腕《うで》に抱いたまま、呆然と思う。

「……んん……」

抱き締《し》められて苦しかったのか、彼が小さく身じろぎをする。目を覚ましている時の彼の声はよく響《ひび》いて凛々《りり》しいが、無意識の呻《うめ》きはとても甘く、やけに色っぽく聞こえる。

見下ろすと、サイズが大きいパジャマの襟元《えりもと》から、白磁のような滑らかな胸元《むなもと》が覗《のぞ》いていた。ビスクドールのように端麗《たんれい》な顔立ち。ベッドに下ろすと、バラ色の唇が微《かす》かに開いて、真珠《しんじゅ》のような歯が少しだけ覗いていた。まるで挑発《ちょうはつ》するかのような無防備な様子に、一瞬《いっしゅん》すべてを忘れてしまう。

初めて会った日、俺は一秒でも長く彼と一緒《いっしょ》にいたいと思ってしまった。そして普段《ふだん》ならセキュリティーの関係で一般《いっぱん》人は乗せないこの自家用ジェットに彼を乗せてしまった。

彼に嘘《うそ》をつかれ、連絡《れんらく》を無視し続けられている間も、彼のことがどうしても忘れられなかった。きっとまた会えるだろうと、心の奥で確信していた。

……ダメだ、我慢できない……。

俺は思いながら目を閉じ、彼の形のいい唇にそっとキスをする。

……見た目はビスクドールのように冷たい。だがこうして触《ふ》れてみると、彼はなんてあたたかくて柔らかいのだろう……？

俺は陶然《とうぜん》と思い、それから気力を振《ふ》り絞《しぼ》って顔を上げる。開いたままの唇から小さなため息が漏れ、反り返る長い睫毛《まつげ》が微かに震《ふる》える。

……今目を覚ましたら、大騒《おおさわ》ぎになるだろうな。ベッドは彼に譲《ゆず》って、俺は書斎《しょさい》で寂《さび》しく仕事でもすることにしよう。

俺は苦笑《くしょう》し、その身体の下からそっと腕を抜《ぬ》こうとし……。

「……ん……」

彼は小さく呻き、俺の方に寝返りを打つ。彼のしなやかな指が、すがるように俺のバスローブの襟元を摑《つか》む。そのまま胸に顔を埋《うず》められて、俺は呆然とする。

すぐに服に着替《きが》えるつもりで適当にバスローブを着ただけだったので、襟元がはだけている。

彼はまるで甘える猫《ねこ》のように俺の胸元に額を押し付ける。肌をじかにくすぐってくるのは、あたたかな彼の息。とんでもなく扇情的だ。

「……ちょっと待て。挑発しているのか？」

囁《ささや》くが、彼は安らかな寝息を立てるばかりだ。機内の温度は少し低めに設定されている。毛布をはがされて肌寒《はださむ》いので、単に俺の体温であたたまろうとしているだけなのだろう。

……まったく、なんてやつだ。起きている時にはあんなに警戒心《けいかいしん》が強くて、すぐに引っかいてくるくせに……眠っているところはまるで生まれたての仔猫《こねこ》じゃないか。

俺は苦笑しながら、彼の隣《となり》にそっと横たわる。後ろ手に探《さぐ》って毛布を引っ張り上げ、二人でそれに包《くる》まる。彼の頭をそっと抱いてやると、やはり寒かったのか、彼は満足げなため息を漏らしてそのまままた眠りに落ちる。

月の光を跳《は》ね返す、艶《つや》やかな黒髪《くろかみ》。そっと撫《な》でてみると、本当に黒猫《くろねこ》のそれのように柔らかい。すらりとして凛々しく見えた、あの麗しい彼がこんなふうに無防備に俺の胸にいる。そう思うだけで胸が甘く痛む。

見下ろすと、彼は長い睫毛を閉じてとても安らかな顔で眠っている。キスより先のことをしかけるのはもちろん、彼を起こすことすらできそうにない。

……まったく、とんでもない拷問《ごうもん》だ。

「だから、誤解だと言っている。しがみついてきたのはおまえの方。俺は起こさないようにおとなしくしていただけだ」

リムジンの向かい側に座ったレオンが、可笑《おか》しそうに笑いながら言う。

「信じたくないのはわかるが……起きた時、俺のバスローブの襟《えり》をしっかり握《にぎ》っていたのを覚えているだろう？」

その言葉に、私はますます赤くなる。

……ああ、信じられないほど恥《は》ずかしい……。

夜明け前、彼の自家用ジェットはサンクト・ヴァレンスクに到着《とうちゃく》した。サンクト・ヴァレンスク国際空港でリムジンに乗り換《か》え、そのまま薄明《はくめい》の市街地を走り抜けた。リムジンはうっそうとした森を走り続けていて、木々の上に広がる空は夜明けが近いことをあらわすようにゆっくりと明るさを増している。

リムジンに乗ってから小一時間、レオンは私をからかい続けている。そして私は、あたたかい腕に抱き締められてやけに平和な夢を見ていたことを思い出してしまった。

「わかっただろう？　いい加減、認めたらどうだ？」

レオンの目がいたずらをする子供のように煌《きら》めく。

「俺に一目《ひとめ》惚《ぼ》れした。キスをされてさらに好きになってしまった。だから無意識に抱きついたんだ。そうだろう？」

「違います！」

思い切り叫《さけ》ぶが、彼は可笑しそうに笑うだけで本気にした様子がない。私はさらに暗澹《あんたん》たる気分になりながら思う。

……ああ……警戒して起きているつもりが……抱きついて眠《ねむ》ってしまうなんて。

しかし。目を覚ました時、彼のバスローブにしがみついていたのは事実。自分が低血圧で寒がりなのは自覚していたが、まさか男に抱きついて眠る癖《くせ》があるとは思わなかった。

「あなたみたいな男に隙《すき》を見せてしまうなんて。これは一生の不覚です」

悔《くや》しさをこらえながら言うと、彼は、

「恥ずかしがる必要はない。死神ではなく黒猫、しかも生まれたての仔猫のようでとても可愛《かわい》かった。それにせっかく休暇《きゅうか》でこんなに美しい国に来たんだ。肩《かた》の力を抜いたらどうだ？」

彼がふいに真面目《まじめ》な顔になって言う。

「鑑定士《かんていし》というのは本来なら宝石に囲まれていればいいはず。なのに気難しい金持ち達の間を回り、時にはその死にまで立ち会う……とても大変な仕事だろう」

彼の言葉に、私はドキリとする。忙《いそが》しくて自覚する余裕《よゆう》がなかったが……たしかにこの仕事は楽ではない。特に誰《だれ》かの死がかかわった仕事の時には疲労《ひろう》も半端《はんぱ》ではない。まあ、それを自覚する間もなく次の仕事が入り、また忙しい日々が始まってしまうのだが。

「この国はとても美しい。ここにいる間は、少しはのんびりして欲しいな」

やけに優《やさ》しい声で言われた彼の言葉に、鼓動《こどう》が微かに速くなる。

……いや、目の前のこの男はあのダイヤが盗《ぬす》まれたものだなどと荒唐無稽《こうとうむけい》なことを言い、さらには私をいきなり拉致《らち》したんだ。ほだされてどうする？

「私は、ここに休暇できたわけではありません」

私は言うが……声が情けなくかすれてしまっている。

「それでも少しは楽しんだ方がいい。昨夜のおまえは少し疲《つか》れた顔をしていた」

彼の声が心配そうに聞こえて、さらに鼓動が速くなる。

……ああ、いったいどうしたんだ、私は？

「……あ」

彼がふいに顔を上げて言う。

「見えてきた。あれが俺の別荘《べっそう》だよ」

彼が前を指差し、言うことを探していた私は顔を上げて……。

「……うわ……」

思わず声を上げてしまう。

リムジンは木々の間を抜け、緩《ゆる》い山道を登っていた。山の頂上に聳《そび》え立っているのがただの別荘ではなく石造りの城であることに気づいて、私は呆然《ぼうぜん》とする。

世界中の富豪《ふごう》の邸宅《ていたく》を回っている私は、豪邸《ごうてい》は見慣れている。しかし……。

「……お城……？」

山の頂上に聳え立っているのは、石の壁《かべ》を持つ堅牢《けんろう》な城だった。ちょうど差し始めた朝日のオレンジ色の光を浴びて、美しく煌めいている。

郊外《こうがい》に城を持っている、と豪語《ごうご》する富豪はいるが、歴史が浅く、カントリーハウスと呼ぶ方が相応《ふさわ》しいような規模のものが多い。しかし今見えているのは石を積み上げて造られた本物の城と呼ぶべき建築物だ。

「……すごいですね。歴史がありそうだ。あれが、あなたの別荘……？」

私が言うと彼はごく自然にうなずいて、

「たしかに古い建築物なので、住み心地《ごこち》は今ひとつかもしれない。だがあそこからの景色は素《す》晴《ば》らしいし、何よりもいいワインセラーと厳重な宝物庫がある。我が一族の所有する宝石のほとんどはここに所蔵されているんだ」

彼の言葉に、私はあることを思い出してドキリとする。

「そういえば、あなたは自分の一族の話をしないんですね」

思わず言うと、レオンは驚《おどろ》いた顔をする。私は、

「たいがいの大富豪《だいふごう》は、まずは自分の一族の歴史を語り始めます」

彼は私の顔を見つめて少し考え、それからふと笑う。

「そんなものはどうでもいいだろう？　先祖の話など退屈《たいくつ》なばかりだ。それに……」

彼は私を見つめたまま、真面目な声で言う。

「俺は、自分の血筋ではなく、俺自身を好きになって欲しい。……それとも、純血種の貴族しか相手にできない？」

皮肉な声で言われて、私はカチンと来る。

「偏見《へんけん》はありません。私の顧客《こきゃく》には一から事業を起こした苦労人もたくさんいらっしゃいます。社交界では『成り上がり』などという言葉を使ってさげすまれますが、私は苦労して成功した人を尊敬しています」

「……そういえば、カラシニコフもそうだったな」

彼がため息混じりに言う。

「はい？　どなたですか？」

私は聞き覚えのない名前に、思わず聞き返す。彼は複雑な顔をして、

「ウラジーミル・カラシニコフ。おまえ達がウイリアム・クラヴィエと呼んでいたあの男だ」

その言葉に、私は驚いてしまう。

「クラヴィエ男爵《だんしゃく》の名前は、偽名《ぎめい》だったというのですか？」

彼は深くうなずいて、

「カラシニコフの出身はフランスではなくこのサンクト・ヴァレンスク。そして彼があの巨大《きょだい》なダイヤモンド――『氷河の涙《なみだ》』を盗《ぬす》んだのは、あの城だ」

堅牢な城を指差されて、私は呆然とする。彼は、

『氷河の涙』を盗んだ彼はフランスに逃《に》げ、顔と名前を変えてパリに店を出した。俺達はずっと彼、そしてあのダイヤの行方《ゆくえ》を追っていた」

「そんなこと、信じられません。彼の葬儀《そうぎ》にはたくさんの親戚《しんせき》が……」

「一人一人の素性《すじょう》をきちんと調べてみたか？　あれはすべて彼がフランスで結婚《けっこん》した相手の親戚。彼自身の親戚はフランスには一人もいない。サンクト・ヴァレンスクにいる本当の親戚は、彼の行方を未《いま》だに知らないでいる」

彼は深いため息をついて言う。

「ともかく。まずは俺の素性を信じてもらうのが先決のようだ。そのあとで地下の宝物庫に案内しよう」

風雨にさらされた外観から、私は内部も古びたまま放置されているのだろうと勝手に想像していた。しかし本格的な堀《ほり》と跳《は》ね上げ橋を通り、城の敷地《しきち》内に入ると景色は一変した。見渡《みわた》す限りの美しい芝生《しばふ》、早朝にもかかわらず働き者の庭師達が花の手入れを始めていて、リムジンに気づくとにこやかに会釈《えしゃく》をしてくる。

城の右手の方には厨房《ちゅうぼう》があるらしく、煙突《えんとつ》からはあたたかな煙《けむり》が上がり、古風な白いお仕着せを着た恰幅《かっぷく》のいいシェフ達が届いたばかりの木箱から果物を出して点検している。同じような料理人の制服を着た女性達が、果物を持ってきた農家の人たちと楽しそうにおしゃべりをしている。それはまるで古い油絵にでもありそうな光景で、荷馬車ではなくて小型トラックが停《と》まっているのが、逆に不思議に思えるくらいだ。

リムジンが車寄せに近づくと、教会のそれのような巨大な両開きの扉《とびら》が内側からゆっくりと開かれた。車道に続く階段に、お仕着せに身を包んだ使用人達が早足に出てくる。両側にずらりと並んだ彼らを見て、私は思わず気圧《けお》されてしまう。

……こんな山奥の別荘に、こんな数の使用人を呼び寄せているなんて。

酔狂《すいきょう》で建物だけを買い取ったのかと思っていた私は、呆然としながら思う。

……このレオン・ヴァレンスキーという男は、いったい何者なんだ……？

リムジンが階段の前に停車すると、白い上着を来た屈強《くっきょう》な若者が二人駆《か》け寄ってくる。外側からドアを開けられて、私は呆然とする。

「ようこそいらっしゃいました、アオヤマ様」

一人が言い、もう一人がにっこりと笑う。反対側のドアからレオンが車外に出たのを見て、私も慌《あわ》てて外に出る。

「ようこそいらっしゃいました。お疲れでしょう」

黒い上着のお仕着せを着た老紳士《しんし》が二人、私に話しかけてくる。後ろから近づいてきたレオンが、

「彼は家令のアキモフ、執事《しつじ》のアリョーシン、そしてフットマンのセルゲイとヤコフだ。おまえの身の回りの世話もしてくれる」

「よろしくお願いいたします」

にこやかに言われて、私は思わず呆然とする。富豪の家によくお邪魔《じゃま》しているとはいえ、私はよくてもたまに訪ねてくる年下の友人、普通《ふつう》は出入り商人の扱《あつか》いだ。ここまで歓待《かんたい》されることは初めてで、なんだか信じられない気分だ。

「レオン様。本社の副社長からファックスが届いております」

アキモフが控《ひか》えめに言い、レオンに革製《かわせい》のファイルを手渡《てわた》す。レオンは私と並んで階段を上

りながらそれに目を通し、ため息をつく。

「ああ……この件か」

彼は言い、私を振《ふ》り向いて、

「すまない、急ぎの仕事が入ってしまったので、書斎《しょさい》にこもる。少し休んだら、アキモフとアリョーシンに城の中を案内してもらってくれ。宝物庫は明日にでも俺が案内する。宝物庫だけでなく美術品も見るなら明日一日だけでは終わらない。覚悟《かくご》しておいてくれ」

レオンが言い、私はその規模にまた驚いてしまう。

私は今までレオンの言うことを半信半疑で聞いていた。自家用ジェットや郊外の別荘《べっそう》は私の顧客には珍《めずら》しいものではない。しかし彼はこれだけの規模の城にいてこれだけの数の使用人に囲まれ、しかもそれが日常的なものであることを証明するかのように自然にふるまっている。そんな彼に、私は圧倒《あっとう》されてしまっていた。

……彼のオーラは、やはり普通ではなかった。いったい彼は何者なんだろう？

レオン・ヴァレンスキー

書斎から戻《もど》った俺は、ベッドルームで眠《ねむ》っているはずの貴彦を起こさないように、そっと専用リビングのドアを開く。そして……リビングの暖炉《だんろ》のそばに、ほっそりした人影《ひとかげ》が横たわっているのに気づいてドキリとする。

「……タカヒコ？」

風呂《ふろ》上がりだったのか、彼はバスローブ一枚の姿。暖炉の前に敷《し》かれた毛皮の上に、しなやかな身体《からだ》を伸《の》ばしている。

「……どうかしたのか？」

力なく横たわった彼が体調を崩《くず》しているのではないかと思い、慌てて部屋を横切る。

彼は今日一日、城の内部と美術品の倉庫を見て回っていたはず。家令のアキモフが「さすがはサザンクロスからいらしているだけのことはあります。とても知識が豊富で、私達のほうがいろいろ教わってしまいました」と嬉《うれ》しそうにしていた。

しかしこの城の美術品倉庫は美術館並みに広い。貴彦はとても疲《つか》れたはずだ。

「……大丈夫《だいじょうぶ》か？」

そっと肩《かた》に触《ふ》れるが、彼は小さくため息をつくだけで、そのまま目を覚まさない。暖炉の火に照らされたその顔は穏《おだ》やかで、唇《くちびる》から漏《も》れる寝息《ねいき》はこのうえなく安らかだ。

俺はホッと深いため息をつき……そして自分がこの麗《うるわ》しい男にどれほど心惹《こころひ》かれているかを改めて自覚する。

……この感情は……恋《こい》と呼んでもいいのだろうな。

伸ばされた彼の手が、シャワーのせいかほのかなピンク色に色づいている。真珠のような艶《つや》のある爪《つめ》。すらりと細い指、女性のそれとは違《ちが》うがごつさは微塵《みじん》もない美しい手。バスローブの袖口《そでぐち》がかすかにずり上がり、彼の華奢《きゃしゃ》な手首と腕《うで》を見せている。

「タカヒコ、こんなところで寝ていたら風邪《かぜ》を引く」

俺は言い、彼の肩をそっとゆする。

「……ん……」

彼は小さく呻《うめ》いてこちら側に寝返りを打つ。そしてまた安らかな寝息を立て始める。

俺が戻るまでに眠ってしまうとは思ってもいなかったのか、彼のバスローブの着方にはかなりの隙《すき》がある。俺がいる時にはきっちりとあわされている襟元《えりもと》が緩《ゆる》み、ほっそりとした首から華奢な鎖骨《さこつ》、さらに奥までが覗《のぞ》いてしまっている。身体の右側を下にして横になっているせいで、襟元に緩みができ……。

「……っ」

俺はあることに気づいて思わず彼の姿から目をそらす。中学生でもあるまいし、と思うが鼓《こ》動《どう》が知らずに速くなってしまう。

暖炉の光に照らされた真珠《しんじゅ》のような肌《はだ》、平らな胸。そして右側の乳首《ちくび》がバスローブの緩んだ襟元から覗いていた。彼の乳首はまるで仔猫《こねこ》のそれのように小さく、無垢《むく》な淡《あわ》いピンク色をしていた。そこは、どんな男も触れたことのないであろう聖域。欲情《よくじょう》を通り越《こ》して罪悪感まで感じてしまう。

……まったく、なんて無防備なんだ。

私は彼の傍《かたわ》らにひざまずく。

……まったく、なんて厄介《やっかい》な相手を好きになってしまったんだろう。

「タカヒコ、そんな色っぽい顔をしていると襲《おそ》われるぞ」

耳元で囁《ささや》くと、彼の身体がヒクリと震《ふる》える。彼がゆっくりと目を開き……そして俺の顔が間近にあったことにぎょっとした顔で起き上がる。

「……な……っ」

彼がとても動揺《どうよう》した顔で頬《ほお》を染めたことに、俺は不思議な満足を覚える。

……そんなふうに表情を開けっぴろげにした方が、ずっと可愛《かわい》い。

「何もしていない。まだ、だけどな」

俺が言うと、彼は不愉快《ふゆかい》そうにその秀麗《しゅうれい》な眉《まゆ》を寄せ、バスローブの襟元をかき合わせる。

「頬が赤いぞ。少しは意識してくれた？」

「そんなわけがありません。こんな場所で寝てしまった自分が恥《は》ずかしいだけです」

彼は言い、いきなり立ち上がろうとし……。

「……っ」

バランスを崩してゆらりとよろけた彼の身体を、俺は立ち上がって抱き留《だと》める。

「血圧が低いんだろう？　ぐっすり寝ていたのに急に動くな」

ついでにキュッと抱き締《し》めてやると、彼はさらに動揺したように身じろぎをし、俺の胸を両手で押しのける。

「余計なお世話です。私は寝ますので、シャワーを浴びてきたらどうですか？」

彼が今度はしっかりと立ったのを確かめて、俺は少しホッとする。

……強気なことばかり言いながら、本当に危なっかしい。

俺は思わず微笑《ほほえ》んでしまう。

……そのギャップが、またたまらないんだが。

「ああ、そのつもりだ。……ああ、もしかして一緒《いっしょ》に入りたい？」

ためしに言ってみると、彼は目を見開き……そして俺から顔をそらす。

「そんなわけがないでしょう。失礼します」

彼の顔は見えなかったけれど、形のいい耳がバラ色に染まっていた気がして、俺の胸が熱くなる。再び中学生でもあるまいし、と呆《あき》れるが……感情はコントロールできない。

……ああ、彼のことをどんどん深く好きになっていく。俺はどうしたらいいのだろう？

青山貴彦

……しかし……どうしてこんなことになってしまったんだろう？

彼の腕を逃《のが》れた私は、ベッドに仰《あおむ》向けになったまま思う。天井《てんじょう》に描《えが》かれたフレスコ画はいい具合に歴史を帯びていて、とても美しい。特徴《とくちょう》からすれば十六世紀のもの、しかもイタリアではなく北方ルネッサンスの特徴を帯びている。画家の名は解《わか》らないが、かなり素晴《すば》らしい品だと言っていい。

……城のような豪奢《ごうしゃ》な別荘《べっそう》、各地から取り寄せた美術品。実業家の彼が大金持ちなのはもちろん解っているが……何かがひっかかる。

私は天井に描かれた聖人たちの姿を見上げながら思う。

……ただの大富豪《だいふごう》にしてはコレクションがずば抜《ぬ》けている。高名な骨董《こっとう》商か、サザンクロス以外の大手オークション会社と密接な繫《つな》がりがあるとしか思えない。でなければ……。

聖人たちを両側に従えているのは、美しい刺繡《ししゅう》のある古風な服に身を包み、白テンの毛皮のついたベルベットのマントを羽織った人物。頭には黄金色の王冠《おうかん》がある。その服装と王冠の特徴は、サンクト・ヴァレンスクのものだろう。

……サンクト・ヴァレンスクの王家と何かつながりのある一族なのかもしれない。聖人として描かれているうちの一人のモデルが一族の先祖だというのはよくある話だ。

私は思い……それからボーッとしている場合ではない、と起き上がる。ボストンバッグからスマートフォンを取り出し、電波が通じることを願いながらグレン室長に電話をかける。

『……アオヤマくんか！　どうなった？』

彼の後ろではまた賑《にぎ》やかな声。鑑定《かんてい》室のメンバーは今夜も残業をしているのだろう。

「今、サンクト・ヴァレンスクの山奥にいます。ヴァレンスキーというあの男の別荘です」

『山奥？　本当に大丈夫《だいじょうぶ》なのか？』

室長が本気で心配そうな声で言う。それから、

『君に言われたとおり、クラヴィエ男爵《だんしゃく》の弟さんに電話をしてみた。引き渡《わた》しを延長することを承諾《しょうだく》してくれた。君は出張中だと言ったら私でもいいというので、少し話したんだ』

その言葉に、私は驚《おどろ》いてしまう。

「それで？　室長はどういう印象を持ちましたか？」

『いやあ……彼の宝飾品《ほうしょくひん》に関する知識は本物だろうね。はっきり言って私は彼が嘘《うそ》をついているとは思えなかった』

彼の言葉に、私は内心ため息をつく。

……男爵の弟、アルバン氏と、レオン・ヴァレンスキー。どちらの言うことが正しいのか、きちんと判断しなくては……。

◆

……しかし……どうして同じベッドに寝《ね》ることが習慣化しているんだろう？

室長と話した次の朝。私はレオンと一緒にダイニングにいた。燦々《さんさん》と陽光の降り注ぐダイニングは家族用のもので、あの堅牢《けんろう》な城の中とは思えないほどアットホームで居心地《いごこち》がいい。芝《しば》生《ふ》の刈《か》り込まれた美しい庭と、その向こうにそびえたつ山、を見渡《みわた》せて景色も素晴らしい。

「失礼いたします」

ダイニングに入ってきたアキモフが、少し慌《あわ》てたように言う。

「イリア様がもうすぐお着きになるとのことです」

その言葉にレオンは顔を上げて目を輝かせる。

「本当か？　来たらすぐに通してくれ」

……やけに嬉《うれ》しそうだ。女性だろうか？　もしかしたら恋人《こいびと》？

私は思い、彼のプライベートを何も知らないことに今さら気づく。

……いや、彼は私を無理やり拉致《らち》した不遜《ふそん》な男。ペンダントに関する話が本当かどうかだけを確かめられれば、プライベートなことになど何一つ興味はない。

思うが……なぜか心の奥にひっかかるものがある。

……ああ、いったいどうしたんだ、私は？

「イリアを紹介《しょうかい》する。あいつもおまえに会いたがっていたんだ」

レオンは楽しそうに言い、それから私の顔を覗《のぞ》き込んで可笑《おか》しそうに笑う。

「どうした？　不機嫌《ふきげん》そうな顔だ。もしかして嫉妬《しっと》してくれている？」

その言葉に、私は本気でムッとする。

「そんなわけがないでしょう。意味がわかりません」

「と言いつつご機嫌斜《なな》めだ。おまえに嫉妬されるのはすごくいいな」

楽しそうな彼の様子に怒《いか》りが湧《わ》き上がる。そして私は自分が何に怒《おこ》っているのか解らず、さらに混乱する。

「イリア様、ご到着《とうちゃく》です」

ダイニングの扉《とびら》を開けた執事が、恭《うやうや》しい声で言う。

……この男の恋人というのはどんな女性だろう？　野蛮《やばん》とはいえ、この顔、そして一応大企《だいき》業《ぎょう》の社長。どんな美女でも選び放題だと思うが……。

私はなぜか緊張《きんちょう》してしまいながら、ドアの方に目をやり……。

「一本早い飛行機に乗れたから、それで来たんだ。食事中だったんだね」

澄《す》んだ声が響《ひび》き、すらりとした人物が姿を現す。

「変な時間にごめんなさい」

その人を見て、私は驚いてしまう。

そこに立っていたのは茶色の髪《かみ》と紅茶色の瞳《ひとみ》をした、とんでもない美青年だった。年齢《ねんれい》は二十歳《はたち》くらいだろうか、美しいだけでなく存在感があり、持っているオーラがとても眩《まぼゆ》い。

彼の後ろにはダークスーツを着た長身で屈強《くっきょう》な男が二人。揃《そろ》ってサングラスをして無表情、耳に通信機のイヤホン。彼のSPだろう。私の顧客《こきゃく》には常にSPを連れているVIPが少なくないが、彼の年齢では少し違和感《いわかん》がある。彼が相当のVIPなのか、それとも……？

「イリア、久しぶりだ」

レオンが立ち上がり、部屋を横切って美青年をいきなり抱《だ》き締《し》める。

いつも不遜に見えるレオンのその行動に、私はとても驚いてしまう。

……彼とレオンは……いったいどういう関係なのだろう……？

私の心臓が、なぜかズキリと痛む。

……もしかして……男同士の恋人……？

イリアと呼ばれた美青年はにっこり笑って抱擁《ほうよう》を受け、それから私に視線を向ける。

「レオン。彼が驚いてるってば」

可笑しそうな口調に、私の心が熱く疼《うず》く。

……どうしたというんだ？　レオンがホモだろうが、美青年の恋人がいようが、私には少しも関係なくて……。

「ああ、そうだな」

レオンが言いながら彼の身体《からだ》を放し、私を振《ふ》り返る。

「タカヒコ、紹介しよう。彼はイリア・ヴァレンスキー。俺の弟だ」

私は呆然《ぼうぜん》としたままその言葉を聞き、それから思わず聞き返す。

「弟？　彼が、あなたの？」

思わず二人を見比べてしまいながら言うと、イリアが楽しそうに笑う。

「最初はみんな驚きます。全然似てないでしょう？　兄は父似、僕は母似なんですよ」

にっこりと笑う彼は美しく、そしていかにも繊細《せんさい》そうで……こんな無垢《むく》なイメージの子がこの野獣《やじゆう》の弟だなんて信じられない。

「レオンから、今回のことに関するおおまかな話は聞いています。ええと……あなたに一目惚《ひとめぼ》れしたレオンが、『氷河の涙《なみだ》』を口実にあなたをこの城に拉致した……ですよね？」

私は彼の言葉にまた驚き、なんと答えていいのか解らずに呆然としてしまう。

「イリア、いつ俺が……」

レオンが言うと、イリアはいたずらっぽく微笑《ほほえ》んで、

「ごめん、レオンがあまりにも幸せそうだからからかっちゃった」

彼は明るい声で言い、部屋を突《つ》っ切って私に近づいてきて、手を差し伸《の》べる。

「初めまして。イリア・ヴァレンスキーです。『麗《うるわ》しき黒衣の死神』の素晴《すば》らしい審美眼《しんびがん》の噂《うわさ》は、ずっと前から聞いていました。お会いできて光栄です」

私は立ち上がり、彼の手を握《にぎ》る。

「タカヒコ・アオヤマです。私は単なる鑑定士《かんていし》ですので」

彼の右手は、ひんやりとしていてまるで子供のそれのように柔《やわ》らかかった。交渉《こうしょう》の時に世界中を飛び回る以外は、私は宝石の研究や鑑定に明け暮れ、論文や報告書を書く毎日。キーボードを打つせいで指先は硬《かた》い。私は自分の手の無骨さを恥《は》ずかしく思ってしまい……それからまた驚く。

……私は自分の仕事に誇《ほこ》りを持っているはず。なのに、どうしてこんなふうに感じてしまうのだろう？

「イリア、ともかく座りなさい。疲《つか》れただろう？」

レオンが、彼のために空いていた椅子《いす》を引いてやりながら言う。

「ありがとう、レオン。たしかに長旅でちょっと疲れちゃった」

彼はにっこり笑い、ごく自然な動作でレオンが引いた椅子に腰掛《こしか》ける。二人の距離感《きょりかん》が兄弟というよりは恋人に近い気がして、また私の心が疼く。

……だから、本当にどうしたというんだ、私は？

レオンが自分の椅子に戻《もど》ったのを確認《かくにん》してから、イリアが言う。

「レオン、頼《たの》まれていたものを持ってきたよ」

イリアが言い、ドアの脇《わき》に立っているSPにチラリとうなずいてみせる。SPの一人が近づいてきて持っていたアタッシュケースを開き、中から取り出したものをイリアに渡《わた》す。大きさは二十五センチ×三十センチ、厚みは三センチ程度。ナイロンでできたコンピュータのソフトケースに入れられている。

……モバイルコンピュータ？　いや……。

私はそこで、イリアがどうしてSPを連れていたのかにやっと気づく。彼はもちろんお金持ちかもしれないが……それだけでなく……。

……違《ちが》う。きっと宝石箱だ。

「ありがとう」

イリアはそれを受け取り、皿が片付けられたテーブルの上にそっと置く。

「ありがとう、イリア。手間をかけさせたな」

レオンの言葉ににっこり笑いながら、ソフトケースのファスナーを開く。

「全然。レオンにも会えたし。もちろん……こんなに綺麗《きれい》なミスター・アオヤマにも」

彼は言いながら、ソフトケースから何かを取り出す。出てきたのはコンピュータではなく、古風な革張《かわば》りの箱だった。イリアはそれをテーブルに置き、私のほうに向ける。

「どうぞ。開けてみてください」

私は少し緊張してしまいながら蓋《ふた》を開ける。そして……。

「これは……」

そこに入っていたのは、プラチナの台座に大粒《おおつぶ》のダイヤをはめ込んだイヤリングとブレスレットだった。シャンデリアの光を反射して虹《にじ》のように煌《きら》めく様子に、とてもランクの高いダイヤモンドだけを使っていることが一目で解《わか》る。

イヤリングは、ラウンドカットのダイヤモンドが片方で五石ずつ。グラデーションを描《えが》くようにして下に向かうにつれてカラット数が上がり、その先端《せんたん》には涙のような形をしたペアシェイプカットの大粒のダイヤが下がっている。普通《ふつう》よりもふっくらとした形で、あの『氷河の涙』ととてもよく似た特徴《とくちょう》的な形だ。石座はどれもロー付けで一列に目立たない金具でつなげられているので、着けた人の動きに合わせて揺《ゆ》れ、うっとりするほど美しく煌めくことだろう。

ブレスレットは大粒のラウンドカットのダイヤを手首の周りに一周させ、その縁《ふち》の部分、二センチ置きくらいに、イヤリングと同じような特徴的なペアシェイプカットのダイヤが滴《しずく》のようにぶら下がって揺れる。それが煌めくさまはまるで朝露《あさつゆ》のように美しいだろう。

さらに……。

「ここには……」

私は宝石箱を見下ろしながら、鼓動《こどう》が速くなるのを感じる。

宝石箱はこれらを収納するために作られたものらしく、ベルベットが張られた内側には、へこみと留め具がつけられている。イヤリングとブレスレットはそこにぴたりと収まり、移動させても動いたりしないようにベルベット製の留め具で留められている。真ん中にはイヤリングが二つ並んではめ込まれ、その下にはまっすぐに伸ばされた状態のブレスレット。そしてその二つを取り囲むように、円形のへこみがある。さらにペンダントトップがつけられるはずの場所には、大きなペアシェイプ形のへこみがある。爪《つめ》の形まできちんとへこみがあるところを見ると、周辺に金属の飾《かざ》りをつけたペンダントトップではなく、巨大《きょだい》な一つ石の中石が下げられたデザインなのだろう。

中石が収まるべき場所の大きさを、私は呆然と見つめる。この少し丸みを帯びた特徴的なペアシェイプ、そしてこの大きさ。もちろん私はこの形には見覚えがある。これは……。

「……『氷河の涙』……」

私の言葉に、レオンはうなずいてみせる。

「おまえならわかると思った。だからイリアにこれを持ってこさせた」

見上げると、彼の顔は初めて見るほど真剣《しんけん》だった。

「巨大なダイヤの原石を生かすために、『氷河の涙』の形は特徴的だ。一般《いっぱん》的なペアシェイプカットならともかく、あの形を目で見ただけで大きさと厚みを計測することはまず不可能だろうし。そして、我が一族が『氷河の涙』にこだわる理由はほかにもある」

レオンは言いながら、宝石箱にはまっている二つのイヤリングの中石をそっと撫《な》でる。

「おまえはよく知っているだろうが……巨大な原石から一つの石だけを削《けず》りだすことは普通はない。原石自体が内包物をまったく含《ふく》まないということはまずあり得ないので、一番美しい場所を選んで一番大きな石を最初に削りだし、そのほかの部分から少しずつ別の石を削りだすことになる」

彼の美しい指が、ダイヤモンドの上をそっと辿《たど》る。

「サンクト・ヴァレンスクのダイヤモンド鉱山で採掘《さいくつ》された巨大な原石からは、まず『氷河の涙』が削りだされた。さらにそこから大粒の二つのペアシェイプ形のダイヤ、残りの部分からも最高品質のダイヤを削りだすことができた」

彼は顔を上げ、私の顔を真っ直《す》ぐに見つめる。

「ここにあるイヤリングとブレスレット、そしてあの『氷河の涙』とそれを飾る脇石……それらはすべて、一つの原石からできているんだ」

「一つの原石……」

私は呆然としながら思う。あの巨大だったダイヤモンド、さらにこれだけの石を削りだしたのだとしたら、その原石はまさに奇跡《きせき》のように巨大なものだっただろう。

「我が一族に伝わる宝石、『氷河の涙』はこのセットの一部として作られた」

レオンは私の顔を見つめながら言う。

「だから俺達は、あの石をどうしても取り返さなくてはいけないんだ」

そして、ふいに大きなため息をついて、

「たしかにケースだけならいくらでも作れる。これが決定的な証拠《しょうこ》にならないことはわかっているんだが」

その言葉に、イリアが私を振《ふ》り返る。

「もしかして……まだミスター・アオヤマを説得できていないの？」

レオンが肩《かた》をすくめると、イリアは苦笑《くしょう》して、

「まあ……レオンは口下手《くちべた》だからね。疑っているんですか、ミスター・アオヤマ？」

純粋《じゅんすい》な目で見つめられて、私は嘘《うそ》はつけない、と思う。

「ええ。私はまだあなたのお兄さんの言葉を疑っています。あまりにも荒唐無稽《こうとうむけい》な話で、あのペンダントを手に入れるための嘘ではないかとどうしても思ってしまう」

私が言うと、彼は悲しげに苦笑して言う。

「お気持ちはわかります。兄は見た目も行動もワイルドです。……あなたをこんなところまでさらってきてご迷惑《めいわく》をおかけしてしまうし。でも、彼は嘘だけはつきませんよ」

彼の言葉が、私の心を揺らす。

……ああ、私はいったい何を信じればいいのだろう……？

貴彦はイリアが持ってきたケースを見つめ、そのまま黙《だま》ってしまった。

イリアは心配そうな顔で俺と貴彦を見比べ、紅茶を一杯《いっぱい》だけ飲んで立ち上がった。

「それじゃあ、僕はこれで。今からヤンスクに戻《もど》れば、午後から会社に行けそうだし」

時計を見ながら言ったイリアの言葉に、貴彦は驚《おどろ》いたように顔を上げる。

「大学生かと思っていました。働いていたんですね」

「ええ。大学は飛び級してもう卒業しちゃったんです。仕事は……ええと……」

イリアは言葉を選ぶように黙り、それから、

「親の事業を手伝っている……みたいな？」

……たしかに嘘ではないな。

イリアは俺にチラリと視線をよこし、照れたようにチラリと笑う。貴彦は申し訳なさそうな顔になって言う。

「仕事があるのに、これを私に見せてくれるために、わざわざ？」

「ええ、まあ。『氷河の涙《なみだ》』は、うちの一族にとっては重大事項《じこう》ですので。いつもはうるさい親も今日はサボることを許してくれました。それに……レオンが夢中になったのはどんな人だろうって気になったし」

貴彦は目を見開き、それから複雑な顔で苦笑する。

「君とお兄さん、見た目はまったく似ていないけれど、その軽口だけはよく似ているかも」

「冗談《じょうだん》だと思ってるんですね？……まあ、しょうがないか」

イリアはため息をつき、それから俺を見つめて言う。

「ともかく、説得はレオンに任せた。あとは彼に信頼《しんらい》してもらうしかない気がする。まだいろいろと話していないことがあるみたいだしね」

ちらりと責めるように眉《まゆ》をつり上げる様子に、イリアが何を言おうとしているかが伝わってくる。俺が電話で「『氷河の涙』とセットになっているジュエリーを持ってきて欲しい。彼には俺達の正体をまだ明かさないことにするので気をつけてくれ」と言った時に、イリアは「隠《かく》し事をするとあとが面倒《めんどう》そうなのに」と心配そうに言っていたからだ。

「話していないこと？」

貴彦が不審《ふしん》げに俺の顔をチラリと見る。俺は肩をすくめて、

「一族の歴史についてだ。退屈《たいくつ》な話だし、もう少し関係が深まってからにしよう。……まずは俺自身が信頼に足る人間だということをわかって欲しい」

俺が言うと、イリアは小さく微笑《ほほえ》んで言う。

「なるほど。『ありのままの自分を見て』みたいな意味なんだね。……レオン、本当に本気なんだね。ちょっと驚いたけど」

イリアは、俺が恋愛《れんあい》にまったく興味がないことを知っている。「きちんと恋愛した方がいいよ。苦しんだり傷ついたりするけど、それも一つの勉強だし」と何度も言われた。まさか、本当に実践《じっせん》してしまうことになるとは思わなかったのだが。

「でもよかった。レオンが好きになった相手がいい人で」

会話の意味がわからないという顔をしていた貴彦が、微《かす》かに頬《ほお》を染める。

「だから、その軽口はやめてくれないかな？　お兄さんはたしかに平気でそういうことを言う人みたいだけど、すべて冗談だし」

「あのね」

イリアはふいに真面目《まじめ》な顔になって言う。そんな顔をしたイリアは、不思議と人の心を揺《ゆ》らす。我が弟ながら見事なオーラを持っていることが解《わか》る。

「レオンは冗談が好きだけど、嘘もお世辞も言わないんです。だからレオンの言う好きは本当に好きってことですよ」

イリアは驚いた顔をしている貴彦ににこりと微笑み、それから腕《うで》の時計を見下ろして、

「ああ、ヤバい。遅《おそ》くなっちゃった。……それじゃあ、僕はこれで」

あっさりと言って踵《きびす》を返し、鮮《あざ》やかな残像を残しながらダイニングを出て行く。イリアがいつも連れているSP達が俺にチラリと会釈《えしやく》をしてから、イリアの後に影《かげ》のように従う。

呆然《ぼうぜん》とした顔でイリア達を見送った貴彦が、ふいにテーブルの上に目を落とす。

「彼は本当にあなたによく似ています。真面目な顔をして冗談ばかり」

俺は反論しようとするが……貴彦の手が緊張《きんちょう》したように膝《ひざ》の上のナプキンを握《にぎ》り締《し》めていることに気づく。

……ここでいくら「本気で好きになったようだ」と言ったとしても、彼はきっと信じない。それは彼がまだ俺を信頼していないからという理由が一番大きいはずだ。

「このケースは、一応切り札のつもりだったんだが……おまえの反応は芳《かんば》しくない。さて、おまえの信頼を得るにはどうしたらいい？」

貴彦は顔を上げて俺を見つめる。少し考えてから、

「昨日見せていただいたのは、美術品倉庫だけなんです。アキモフさんは『宝飾品《ほうしょくひん》はレオン様が見せてくださいます』と言っていました。だから……」

「わかった」

俺は膝に置いていた布ナプキンをざっと畳《たた》んでテーブルに置き、ジュエリーケースを持って立ち上がる。

「宝物庫に行こう。案内する」

言うと、貴彦も慌《あわ》ててナプキンを置き、立ち上がった。壁際《かべぎわ》で待機していたコミ・パティシエが慌てたように言う。

「この後、グラン・パティシエがデザートをお持ちすると言っていましたが……後になさいますか？」

「デザートは何を？　すぐに食べた方がいい？」

俺が聞くと、コミ・パティシエは慌ててかぶりを振って、

「いえ、グラン・パティシエの特製のカタリナです。後ほどでもまったく問題ありません」

「一段落したら厨房《ちゅうぼう》に電話をする」

俺は言い、戸惑《とまど》った顔の貴彦の肩を抱《だ》いてそのままダイニングを出る。廊下《ろうか》を歩きだしても彼が私の手を振り払《はら》わず、さらに黙ったままであることに気づいて俺は少し慌てる。

「どうした？　すぐにデザートが食べたかった？」

俺が聞くと、貴彦はハッと我に返る。反射的に俺の腕を振り払って、

「子供じゃないんですから。……そうではなくて……」

複雑な顔で、言葉を切る。

「どうした？　言いたいことがあるのなら、言ってくれ。もしかして旅の疲《つか》れが出たのか？　それなら宝物庫の見学は明日にして部屋で休んでいても……」

少し心配になりながら言うと、彼はふいにクスリと笑って、

「驚くほど強引《ごういん》で傍若無人《ぼうじゃくぶじん》なくせに、急にそんなことを言う。不思議な人だな」

彼の声が微かに優《やさ》しさを帯びていた気がして、俺の鼓動《こどう》が柄《がら》にもなく速くなる。彼は、

「私は少し混乱しているんです。あなたがただの強引で強欲《ごうよく》な男で、私を騙《だま》してダイヤを手に入れようとしている……だとしたら、話はとても単純なんです。仕事柄、そういう人には慣れていますので」

言って小さくため息をつく。

「だんだん、あなたが嘘《うそ》をついていないような気がしてきました。だから混乱するんです」

「混乱する必要はない。俺は嘘はついていない。嘘をついているのはカラシニコフの弟……アルバンの方だ」

俺がきっぱりと言うと、彼は驚いたように俺を見上げてきて、

「彼の名前を……？」

「カラシニコフのことは調べたと言っただろう？　カラシニコフの弟、アルバンのことももちろん報告が入っている」

「彼の素性《すじょう》に、何か……」

貴彦が言い、複雑な顔で言葉を切る。それから、

「いえ、顧客《こきゃく》の情報を別の場所から得るのは偏見《へんけん》の元になるので聞かないでおきましょう。我が社の調査では、彼のプロフィールや生活ぶりに怪《あや》しいところはまったくありませんでした」

「俺の調査でも同じだ。偏見の持ちようがないので聞くといい」

俺が言うと、彼は興味深げな顔で見上げてくる。俺は溜《た》め息《いき》をついて、

「アルバンはあの親族にしては珍《めずら》しくこつこつ真面目に働いて起業し、事業を発展させている。結婚《けっこん》はしていないが、忙《いそが》しすぎて縁《えん》がないと周囲に漏《も》らしている。それに相応《ふさわ》しい働きっぷりだし、ギャンブル癖《ぐせ》も、女性に貢《みつ》いでいる様子もない。暮らしは裕福《ゆうふく》で、特に金が必要とも思えない」

貴彦はそれを聞き、深くうなずく。

「我が社の調査でも同じです。彼に問題があるとは思えません」

「いや、何もうさんくさいところがないのが、逆にうさんくさい。それに……」

俺は歩きながら彼を真っ直《す》ぐに見下ろす。

「俺は真実を言っている。だとしたら彼が嘘をついていることになる」

言うと、彼は深いため息をつく。冷淡《れいたん》な声で、

「話が振《ふ》り出しに戻《もど》りましたね。ともかく、あなたのコレクションを見せてください」

……昨夜はあんなに可愛《かわい》かったのに、昼間は堅物《かたぶつ》の鑑定士《かんていし》さんに逆戻《ぎゃくもど》りだ。

昨日見せてもらった美術品の倉庫は中庭の向こう側、城の離《はな》れにあたる建物の中にあった。外装は石が張られて古風なデザインだったが、内部には温度と湿度《しつど》が完璧《かんぺき》に調整された最新式の設備が調《ととの》っていた。内装や置かれているソファなどもお洒落《しゃれ》で、まるで美術館に来ているようだった。……しかし。

「宝物庫は地下にある。防犯のためにね」

レオンが言い、廊下の突《つ》き当たりにある両開きのドアの前に立つ。ドアは彫刻《ちょうこく》の施《ほどこ》された木製だったけれど、その脇《わき》には最新式の認証《にんしょう》装置が取り付けられていた。レオンが指紋《しもん》と網膜《もうまく》の認証を終えると、ランプが電子音とともに青に変わる。同時にエレベーターの上に取り付けられているマークが点灯する。地下で待機しているエレベーターの箱がどうやらゆっくりと上がってきているみたいだ。

「地下宝物庫には、基本的にはこのエレベーターでしか行くことができない。指紋と網膜の認証がないと動かないので、一人で入るのは無理だ。だが、いつでも付き合うので言ってくれ」

彼は言いながらエレベーターの扉《とびら》を押さえ、私を先に入れてくれる。エレベーターの設備も最新式で、彼が指紋と網膜の認証を終えるとやっと扉が閉まり、ゆっくりと下降を始める。

会社の金庫も地下なので慣れているはずだが……この城の防犯設備があまりにも厳重で、少し緊張してきてしまう。

……これだけの城を買い取り、しかも美術品や宝飾品のためにこれだけの設備を調えている。彼の一族がとんでもない財産を持っているであろうことはよく解《わか》った。

私は、エレベーターの下降がなかなか止まらないことに気づいてますます緊張してくるのを感じる。

……それに、彼の一族がどれほどセキュリティーに気を遣《つか》っているかも。

エレベーターの下降スピードが徐々《じょじょ》にゆるくなり、やっと止まる。ポン、という音がしてゆっくりと扉が開く。

「……あ……」

エレベーターホールにあたる場所を見て、私は思わず声を上げる。とてもモダンだった美術品の倉庫を見ているのでこちらも現代風の空間をイメージしていたのだが……。

「……洞窟《どうくつ》……？」

思わず言ってしまうと、レオンが可笑《おか》しそうに笑う。

「人工のものだけれどね。何百年か前の城主が山腹に横穴を開けて作った保管庫だ。入り口が崖《がけ》を伝ってでないといけないあまりにも危険な場所にあったので、俺が所有するようになってからはそこをふさぎ、機械で上から穴を開けてエレベーターを繋《つな》げた。ここまで来るのにやけに時間がかかったのはかなりの高低差があったせいだ」

あっさりと言われたその工事の規模に、私はまた驚《おどろ》いてしまう。しかも……。

「……これ自体は何百年も前に作られた人工の洞窟なんですか……すごいですね……」

エレベーターホールにあたる場所は、新入社員の頃《ころ》に研修で行ったことのある宝石の原石の採掘《さいくつ》場のようだった。ドーム状になった天井《てんじょう》、ノミの跡《あと》が残る壁《かべ》。部屋自体は円形をしていて、まるで教会の大聖堂のように巨大《きょだい》な空間だ。壁に等間隔《とうかんかく》に設置された古風なランプがほのかな明かりを放っている。チラチラと揺《ゆ》れる光は蠟燭《ろうそく》が燃えているように見えるが……地下でそんなことをしたら酸素が足りなくなりそうなので、さすがにLED電球だろう。

……これを機械を使わずに掘《ほ》ったのだとしたら、とんでもない作業になっただろうな。

城のほかの部分とは違《ちが》って豪奢《ごうしゃ》に飾《かざ》られているわけではないのに……ここはやけに荘厳《そうごん》な雰《ふん》囲気《いき》で、ますます緊張《きんちょう》してしまう。

「少しだけ待ってくれ」

彼は言って手を伸《の》ばし、降りようとした私を止める。そしてエレベーターの操作盤《ばん》を開いて中にあるボタンを操作している。ピッという微《かす》かな音がして、壁に取り付けられていた小さなランプが青に変わる。

「赤外線の監視装置《かんし》があるんだ。操作をしないでエレベーターを降りると、警報が鳴り響《ひび》いてエレベーターが閉まり、警備員が駆《か》けつけるまでここに取り残されることになる。セキュリティーのテストでやったことがあるが、なかなか怖《こわ》かったよ。怪盗《かいとう》になるのだけはごめんだな。……よし、行こう」

彼が言い、私の背中に手を回してエレベーターを降り、ホールを突っ切る。二人の靴音《くつおと》が高い天井に反射し、やけに大きく響いて、ますます緊張感《きんちょうかん》が高まる。よく見るとホールの壁の一箇所《かしょ》に小さな鉄の扉が設置されていた。彼はそこに向かい、ポケットから出した古風な鍵《かぎ》を鍵《かぎ》穴《あな》に入れる。ガシャ、という重い音がして鍵が解除されたのが解る。

「ここだけはやけに昔風なんですね」

思わず言ってしまうと、彼は苦笑《くしょう》して、

「これはイリアの強い要望だ。『宝物庫の鍵』というものに憧《あこが》れているらしくてね」

言いながら、いかにも重そうな扉をゆっくりと開く。中にはどんな財宝が眠《ねむ》っているのだろうと思った私は、思わず唾《つば》を飲み込み……。

「……あ……」

洞窟が繋がっているのだろうと思ったのに反して、中はまるで居心地《いごこち》のいいリビングのような空間だった。ホールとのあまりのギャップに少し呆然《ぼうぜん》とし、自分が地下深くにいることを忘れそうになる。

アーチを描《えが》いた高い天井からはクリスタルのシャンデリアがいくつも下げられ、床《ゆか》には柔《やわ》らかなペルシャ絨毯《じゅうたん》が敷《し》き詰《つ》められている。三人がけの大きな黒革《くろかわ》のソファがアンティークのローテーブルを挟《はさ》んで向かい合っている。壁には書棚《しょだな》があり、びっしりと本が並んでいる。私も見たことのあるものがいくつも交ざっているが……これは世界中の宝石に関する書籍《しょせき》を集めたものだろう。とんでもない希少本が何冊も交ざっていて、これだけでもかなりのコレクションになるだろう。

「……すごいな」

本の背表紙を見ながら思わず言ってしまうと、彼は小さく笑って、

「その言葉は、本物の宝石を見るまでとっておいてくれ」

先に立って部屋を突っ切り、そして大きな両開きの扉に両手を当てる。ギギイ、という重い音を立てて扉が開く。

「……うわ……」

中はワインセラーにそっくりな薄暗《うすぐら》い空間だった。壁にはたくさんの棚《たな》があり、その上にガラスの箱がずらりと並んでいる。ライトアップされたそのケースの中には……。

「……すごい……！」

私は思わず宝物庫に踏《ふ》み込み、ずらりと並んだ素晴《すば》らしい宝石たちに目を奪《うば》われる。

「……なんて素晴らしいんでしょう。この色、信じられないほど綺麗《きれい》だ」

私は巨大なルビーに見とれ、その隣《となり》にあるエメラルドの大きさに圧倒《あっとう》され、繊細《せんさい》な細工の施された宝飾品《ほうしょくひん》に陶然《とうぜん》とする。

「目が子供のようにキラキラしている。宝石が、本当に好きなんだな」

レオンの声に、私は思わず赤面する。

「仕方がないじゃないですか。……祖父母が日本でアンティークショップをやっていて、小さい頃からその店で遊んでいたんです。きっと遺伝なんですよ」

「お祖父《じい》様とお祖母《ばあ》様が？　それは素敵《すてき》だな」

レオンの言葉に、私の胸がふわりと熱くなる。

「ええ。祖父母の死後、人手に渡《わた》ってしまいましたが……本当に素敵な店でした。目利《めき》きの祖父が欧州《おうしゅう》から買い付けてくる宝石は、子供心にも素晴らしい品だとわかるものばかりでしたし。そして祖父母は、『貴彦には素晴らしい審美眼《しんびがん》がある。いつかは大物になる』と言い続けてくれていました。私が鑑定士《かんていし》になろうと決心したのはその頃です」

私はあのころのことを思い出して、思わず笑《え》みを浮《う》かべる。

「祖父母は亡くなりましたが……サザンクロスの仕事をしていると、お客様を本当の祖父母のように思ってしまうことがよくあります。だから彼らのために少しでも役に立ちたい。彼らの死に立ち会うのはつらいけれど……」

「おまえが、世界中の大富豪《だいふごう》に愛されている理由がよくわかるよ」

レオンに言われて、私は驚いてしまう。

「理由？」

「ああ。彼らもきっとおまえのことを本当の孫のように思っているんだろう。そんな優《やさ》しい顔をされたら、どんな偏屈《へんくつ》な富豪《ふごう》の心もきっと蕩《とろ》けてしまう」

彼は優しく微笑《ほほえ》んで言う。それから、

「宝物庫は広大だ。少しずつ見ていくことにしよう。……とりあえず、博物館に飾られているような大きな石からだ」

彼は私の背中に手を回し、さりげなく奥の棚に誘《さそ》う。そこに並んでいた美しく、しかも巨大な宝石達に私は本気で見とれてしまう。

……ああ、美しい宝石に囲まれるのは、なんて幸せなんだろう？

レオン・ヴァレンスキー

「一つ、とても大きな疑問があるんです」

彼が、紅茶のカップ越《ご》しに俺を見つめて言う。

地下の宝物庫から戻《もど》った俺と貴彦は俺の居室に場所を移し、専用リビングに設置されたテラスにいた。テラスからは庭師が丹誠《たんせい》込めて世話をしている美しい庭と、壮麗《そうれい》な山々を見渡《みわた》すことができる。頬《ほお》をくすぐる風はまだ少し冷たいが……そこに含《ふく》まれた濃《こ》い緑の香《かお》りがとても心地《ここち》いい。

一族の歴史の詰まった宝物庫は俺にとって大切な場所だが……何かあったら地上に戻るのが困難な、地下深くに掘られた場所というだけでどこか緊張しているらしい。宝物庫に行った後、開放感のあるこのテラスに出るのがいつの間にか習慣になっている。

テラステーブルの上には、朝食後に食べるはずだったカタラナと、薫《かお》り高い紅茶の注がれたカップがある。ダイニングにいる時には家令やウエイターが待機しているが、自室でのお茶くらい二人きりで楽しみたいといつも言ってある。心得ている使用人達はティーポットと差し湯の入った保温ポットを置き、さりげなく部屋を出て行った。

「疑問？」

俺が聞くと、彼はうなずいてカップを置く。再び俺を真っ直《す》ぐに見つめて、

「はい。……もしも『あのダイヤは盗《ぬす》まれた』というあなたの言葉が本当だとして……いったいそれはどうやって盗まれたのですか？」

彼は、どちらが嘘《うそ》を言っているのか解《わか》らずに混乱している。言った時と同じように複雑な顔をして言う。

「男爵《だんしゃく》が怪盗《かいとう》で、あの宝物庫からダイヤを盗んだ……まさか、そんなことは言いませんよね？あのセキュリティー装置自体は新しそうでしたが……設置される前だったとしても、あれほどのコレクションを所有しているあなたの一族が、油断するとはとても思えないのです」

彼はその漆黒《しっこく》の瞳《ひとみ》に強い光を浮かべて言う。

「きちんと話していただけませんか？　どうやってあのダイヤが盗まれたのか」

俺はどう説明していいのか少し考え、それから話を始める。

「パーティーの後、誰《だれ》かが母の部屋に忍《しの》び込んで『氷河の涙《なみだ》』の下げられたネックレスを盗んだ。防犯カメラに、逃《に》げていくカラシニコフ——クラヴィエが映っていた。そのまま彼は店を畳《たた》んで姿を消し、犯人はクラヴィエだったということに落ち着いた」

貴彦は苦しげな顔でしばらく答えなかった。きっと生前のカラシニコフを思いだし、何かの

誤解ならいいと思っているのだろう。

しかし、『氷河の涙』と呼ばれるダイヤが彼の手元にあったことは確かなこと。やはり彼が犯人だったと考えるのが自然だろう。

「あの『氷河の涙』には、セットになっているイヤリングとブレスレットがあったことを上司に報告していいですか？」

貴彦が言い、俺はうなずく。

「わかった。早く信じてくれると嬉《うれ》しいのだが」

俺は言ってから、あることに気づく。

「そういえば。おまえは世界中を飛び回っているようだが、今までにサンクト・ヴァレンスクに来たことは？」

「いいえ。飛行機で上空を通ったことなら何度もありますが、下りたことは一度もありません。サンクト・ヴァレンスク王家、そしてその周辺の貴族は秘密主義のようで、情報も財宝も、なかなか外部には持ち出せません」

その言葉に、俺は思わずクスリと笑ってしまう。

「たしかに秘密主義かもしれないな。だがサンクト・ヴァレンスクは豊かな地下資源や宝石の鉱脈がある恵《めぐ》まれた国だ。それらの輸出で十分に暮らしていける。金を得るために貴重な財宝や美術品を海外に持ち出す必要などどこにもない」

言うと彼は真面目《まじめ》な顔でうなずいて、

「こんな国はなかなかありません。豊富な自然が残されていますが、ただの田舎《いなか》というわけでなく列強の国と肩《かた》を並べるほどの経済大国だ。ほとんど情報が漏《も》れてこないのですが……この国を統治するサンクト・ヴァレンスク王はかなりの切れ者だという噂《うわさ》です。会ったことは？」

彼の問いに、俺は思わず微笑んでしまいながら言う。

「サンクト・ヴァレンスクの王、そして王妃《おうひ》とは親しくしているよ。この城もその縁《えん》で買い取ったものだし」

「だと思いました。普通《ふつう》の富豪とは桁《けた》が違《ちが》う」

彼は室内を見渡しながら、考え深げに言う。それから少し慌《あわ》てたように、

「だからと言って、あなたを信用したわけではありませんが」

「もちろん。今見せたのは一族に伝わってきた宝。俺の仕事はそれを受け継《つ》ぎ、さらに次の世代に渡すこと。あれが自分のものだとは思っていない。……おまえは俺をただのケダモノだと思っているようだが、人の心を摑《つか》むためには、財力ではなく自分の実力を見せなくてはいけないことくらいわかっている」

彼は少し驚《おどろ》いた顔をして俺を見つめ、それから呆然《ぼうぜん》とした口調で、

「へえ。ケダモノにしては、いいことを言いますね」

聞きようによってはひどい言葉だったが、あまりにも邪気《じゃき》のない口調に俺は思わず笑ってし

まう。

「さて。ずっと城に閉じこもっているのもなんなので、夜になったら街に出てみないか?」

青山貴彦

その夜。彼のリムジンが向かったのは、山の麓《ふもと》にある村だった。山の中腹には葡萄《ぶどう》畑が広がり、村の周囲には広大な牧草地があった。可愛らしい三角屋根の酪農《らくのう》小屋をいくつも見かけたので、昼間なら羊や牛が平和に草を食むところを見られただろう。

村に入るとアスファルトだった道が石畳《いしだたみ》に変わった。両側に建つ建物はサンクト・ヴァレンスク独特のデザインで、白い漆喰《しっくいぬ》塗りの壁《かべ》と尖《とが》った屋根には赤い鱗《うろこ》状の瓦《かわら》。周囲に装飾《そうしょく》の施《ほどこ》された窓には必ずプランターが置かれていて、美しい花々が咲《さ》き誇《ほこ》っている。窓にはあたたかな灯が灯り、楽しそうに駆《か》け回る子供の影《かげ》が見える。開いたリムジンの窓からは濃《こ》い緑の香《かお》りに混ざって美味《おい》しそうな夕食の香りが漂《ただよ》ってきた。まるでお伽噺《とぎばなし》の世界にでも紛《まぎ》れ込んでしまったかのような雰囲気《ふんいき》だ。

「いい香りがする。お腹がすくな」

レオンがやけに楽しそうに言う。思わず振《ふ》り向《む》いてしまうと、その横顔にはやけに愛おしげな微笑《びしょう》が上っていた。

「村が平和だと、本当に心が癒《いや》されるな。……夕食は村一番の食堂に案内する。せっかくなのでサンクト・ヴァレンスク料理を堪能《たんのう》してくれ」

彼の言葉が終わると同時に、リムジンは一軒《いっけん》の建物の前に停車した。どうやら宿屋兼《けん》食堂のようで、一階は賑《にぎ》やかな人の気配で溢《あふ》れ、二階にもところどころ火が灯っている。鋳鉄《ちゅうてつ》で作られた看板には、サンクト・ヴァレンスク語で『宿と食事　山麓亭《さんろくてい》』と書いてある。ますます伽噺に出てきそうな雰囲気に、私は思わず微笑んでしまう。

レオンは素早く外に滑《すべ》り出て、私の側のドアを外から開けてくれる。私の顔を覗《のぞ》き込んで、

「やけに楽しそうだな。この村の雰囲気が気に入った？」

「ええ」

私はリムジンを降り、周囲を見回しながら言う。

「子供の頃《ころ》に読んだ絵本の中に紛れ込んだかのようです」

「そうだろう？　こんなに美しい村は世界中探してもそうそう……」

「ようこそいらっしゃいました、プリンス・レオン！」

建物の裏手にある厨房《ちゅうぼう》らしき場所のドアが開いて、エプロンを着けた男性が出てくる。年齢《ねんれい》は五十過ぎくらいだが、いかにも山の男という雰囲気の逞《たくま》しい体格をしている。続いて表のドアから出てきたのは同じくらいの年齢の女性。エプロンをしているところを見ると、食堂で給仕をしていたのだろう。

「プリンス・レオン！　お待ちしてましたよ！」

二人は嬉《うれ》しそうに言い、レオンに駆け寄《よ》ってくる。

……プリンス……？

私が不審《ふしん》に思いながら見上げると、レオンは肩《かた》をすくめて、

「昔からそう呼ばれている。俺は人並みはずれてハンサムなうえに上品で、見るからに王子様という雰囲気だしな」

その言葉に私は呆《あき》れ返《かえ》るが、何かを言い返す前に食堂から出てきた二人が私達の前に立つ。

レオンが私に、

『山麓亭』の主人ボリスとその夫人マリア。この村で一番の食堂と宿屋の経営者。ボリスはこの村一番のシェフでもある。……彼はタカヒコ・アオヤマ。俺の大切なゲストでしばらくの間、城に滞在《たいざい》する」

「よろしくお願いします。ミスター・アオヤマ。城には毎朝食料を運んでいるのでお会いすることもあるかもしれませんねえ」

「ようこそ。なんて綺麗《きれい》な男の人かしら？　村の女の子達の騒《さわ》ぎが目に見えるようだわ」

二人は言い、そして私達を店の中へと案内してくれる。床《ゆか》だけでなく壁にも木材が張られた素朴《そぼく》な室内。やはり木材を使って作られたテーブルやスツールが並び、そこにはたくさんの村人達が食事やお酒を楽しんでいた。壁に切られた大型の暖炉《だんろ》の上には、驚《おどろ》くほど立派なトナカ

イの角がいくつも飾《かざ》られている。農業だけでなく猟《りょう》も盛んな場所なのだろう。

「おお、プリンス！　お久しぶりです！」

「すごい美人を連れちゃって！　すっかり都会の男だねえ！」

素朴な素焼きのビアマグを掲《かか》げた人々が、レオンに声をかけてくる。彼らのテーブルにはザワークラウトや焼いたポテト、大きな手作りソーセージなどが盛られた大皿が並んでいて、見るからに美味しそうだ。

「彼は俺の大切な客人だ。男だがすごい美人だろう？　本気で狙《ねら》っているところだから、もしかしたら家族になるかもしれないけれど」

レオンの朗々とした美声が店内の喧騒《けんそう》の中に響《ひび》く。店内はどっと盛り上がる。

「またまたそういう冗談《じょうだん》を。見た目は大人なのにプリンスの冗談好きは昔と変わらないなあ」

「まあ、あんな綺麗な人じゃあ男でもクラッと来るのも無理はないけれど」

「ちょっかいを出したら承知しないぞ」

レオンは楽しそうに言って私の肩を抱《だ》き、夫婦が案内してくれた個室に入る。

「この村の男達は人はいいが手が早いからな。あんまり見せたら目の毒だ」

レオンの言葉に夫婦は可笑《おか》しそうに笑い、レオンの「腹が減っている。おすすめをどんどん持ってきてくれ」という言葉にうなずいて個室を出て行く。

「座ってくれ。ここの料理はどれも美味いぞ」

レオンが言いながらさりげなく椅子《いす》を引き、私を座らせる。

「あなたは昔から冗談がお好きだったんですね。なんだか納得しました」

私が座りながら言うと、彼は小さく笑って、

「さっきのは冗談ではない。おまえも覚悟《かくご》しておけよ」

後ろから私の耳に囁《ささや》きを吹《ふ》き込《こ》む。それがやけに美声で、くすぐったさとは違《ちが》う不思議な戦慄《せんりつ》が私の身体《からだ》を駆け抜《ぬ》ける。

……本当に、どうしたというんだ、私は？

◆

……ああ、まさかこんなに飲んでしまうなんて。

「……はあ」

シャワーの後。パジャマ姿でベッドに座りながら、私は手で額を押さえる。

「大丈夫《だいじょうぶ》か？　具合が悪い？」

一足先にシャワーを終え、ベッドに座って書類を読んでいたレオンが驚いたように言う。

「いいえ、大丈夫です。少し熱くてふわふわするだけで……」

食堂で個室に入り、私達は素朴なサンクト・ヴァレンスクの料理を楽しんだ。そこで出され

た地元で取れたワインやサンクト・ヴァレンスク独特の強い酒はとても美味しく、私はついつい飲みすぎてしまった。
「横になった方がいい。今夜はきっとよく眠《ねむ》れるだろう」
彼は私の背中を支えるようにして、ベッドに横たわらせてくれる。持っていた書類をサイド
テーブルに置き、スタンドの明かりを落とす。
「黒衣の死神が、こんな酒豪《しゅごう》だったなんてね。サンクト・ヴァレンスクの地酒は地元の猟師《りょうし》で
すら五杯《はい》で倒《たお》れる。それをグイグイいくから驚いた」
彼は可笑しそうに言い、襟元《えりもと》を緩《ゆる》めようとする私を手伝ってくれる。
「一応、強い酒だと忠告したし、止めたことは止めた。忘れないように」
「わかってます。……実は地酒の飲み歩きが趣味《しゅみ》なんです。出張が終わる夜にはいつも酒屋で
小瓶《こびん》を買ってはホテルで味見をしていました。誰《だれ》かと一緒《いっしょ》の時にこんなに飲んだのは初めてだ
し、こんなふうに酔《よ》った姿も誰にも見られたことがないんですが……」
「俺にはそれだけ気を許してくれたということ？　それは喜んでいいことだよな？」
仰向《あおむ》けに倒れた私の隣《となり》に、彼が横たわる。ふわりと香った彼の香りが気が遠くなりそうに芳《かんば》
しく、暗がりで耳に吹き込まれた囁きがやけに甘い。
「……あ……っ」
唇《くちびる》から漏《も》れたやけに甘い声に、私は自分で驚いてしまう。しかも……。

……どうしよう……身体が……。

自分の身体の熱さが、ただの酒のせいではないことを示すように、私の屹立《きつりつ》が下着とパジャマを容赦《ようしゃ》なく押し上げてしまっている。

……クソ、そういえば忙《いそが》しくて触《ふ》れてすらいなくて……。

私は身体を丸め、慌《あわ》てて彼に背中を向ける。

「どうした？　やっぱり具合が……」

彼の手が私の背中を滑る。そこから走った甘い痺《しび》れが屹立に流れ込む。身体がびくりと震《ふる》え、私の唇から、また声が漏れてしまう。

「……んん……っ！」

……ああ、どうしよう？　いきなりイキそうだ。

「その声……もしかして、発情しているのか？」

心配そうな声で聞かれて、私はぎくりとする。それから、

「し……仕方がないでしょう。私は二十代の健康な男だし、忙しさにかまけてずっと触れていなかったんですから」

私はヤケクソで言い、彼の手を振《ふ》り払《はら》って起き上がろうとする。

「洗面所をお借りします。このままでは眠れそうにないので……あっ！」

私の身体がいきなり仰向けに押《お》し倒される。驚いている間に彼の唇が重なってくる。

力の抜けた上下の歯列の間から、彼の舌が滑り込んでくる。獰猛《どうもう》に口腔《こうこう》を蹂躙《じゅうりん》されて、下着の下の屹立が痛いほどに硬《かた》くなり……。

「おとなしくしてろ。楽にしてやる」

唇を触れさせたまま彼が囁く。彼の手が滑《すべ》り下りて、いきなり私のパジャマと下着を腿《もも》までひき下ろし、屹立が、プルン、と空気の中に弾《はじ》け出てしまう。私の屹立は限界まで反り返り、さらに先走りの蜜《みつ》をトロトロと溢《あふ》れさせていた。

「……んん——っ！」

彼の手が私の屹立を握《にぎ》り込み、そのまま上下に扱《しご》く。抵抗《ていこう》したいのに、また深いキスを奪《うば》われてもう動くことすらできない。ほんの二回ほど扱かれただけで、目の前に火花が散り、屹立がビクンと震えて……。

「……ん、くう……っ！」

私の先端《せんたん》から、ビュクビュクッ！　と恥《は》ずかしいほどの勢いで白濁《はくだく》が噴《ふ》き上がる。彼の手がそれを受け止めるけれど、受け切れなかった蜜が私の肌《はだ》にトロトロと流れ落ちる。

「……あ……あ……っ」

「気持ちがよかった？　こんなに飛ばして……いや、まだ満足していないみたいだな」

彼は言いながら、未だに硬いままの私の屹立に濡《ぬ》れた指先で触れてくる。張りつめた先端にヌルヌルと蜜を塗《ぬ》り込められて、腰《こし》が浮《う》き上がってしまう。

「……あぁ……っ」

「悪かったな。俺がさらったりしなければ、自分の部屋に戻《もど》ってマスターベーションができたんだよな。……邪魔《じゃま》をした責任は取る。力を抜いていろ」

彼は言いながら、汚《よご》れた私のパジャマのボタンを外していく。呆然《ぼうぜん》としている間にそれが剝《は》ぎ取られ、腿に引っかかっているズボンと下着が取り去られる。

「……あ……」

月明かりの下、彼の視線の中に生まれたままの姿をさらす。気が遠くなりそうなほど恥ずかしいのに、酔いと快楽の余韻《よいん》で動くことすらできない。

「なんて美しい身体をしているんだろう？」

彼が呆然と私の身体を見下ろしながら呟《つぶや》く。

「あまりに綺麗《きれい》で、淫《みだ》らで、見ているだけでおかしくなりそうだ」

彼の目の奥に獰猛な光があることに気づき、私は戦慄する。しかしそれは恐《おそ》れだけではなく、不思議なほどの陶酔《とうすい》を含《ふく》んでいて……。

「タカヒコ。このまま抱きたい。ダメか？」

レオンが私を見下ろして囁く。彼の低い美声は切なげにかすれ、とてもセクシーだ。

……ああ、このまま抱かれてしまえたら……。

私は思い……それからそんなことを思ってしまった自分にとても驚《おどろ》く。

……何を考えているんだ、私は？

「……ダ、ダメです、決まっているでしょう……？」

私のかすれた声に、彼は小さく苦笑する。

「そうだよな。……すまない、抱《だ》くのはきちんとおまえの心を奪って恋人《こいびと》同士になれてからにする。だから今は……」

彼の顔が下りて、むき出しになった私の乳首にそっとキスをする。

「……アアッ！」

そこから走った快感の強さに、私は本気で驚いてしまう。

……男なのに、こんなところが感じるなんて……。

ビクビクと震える屹立が、蜜でたっぷりと濡れた彼の手のひらに包まれる。ヌルリとした刺《し》激《げき》に全身が震えてしまう。

「好きだ、タカヒコ。すべてを見せてもらえて、とても嬉《うれ》しいよ」

彼が囁き、私の屹立を愛撫《あいぶ》しながら、肌にキスマークを刻んでいく。乳首の脇《わき》、鳩尾《みぞおち》、鎖骨《さこつ》の上。彼の印を刻まれることへの不思議な快感に、私ははっきりと悟《さと》ってしまう。

……ああ……彼はとても強引で、本当に獰猛で、しかしとんでもなく魅力《みりょく》的だ。この男に、私はもうどうしようもなく魅《ひ》かれてしまっている……。

夕方から、彼のリムジンでふもとの村へ下りた。庶民《しょみん》的な食堂で味わうサンクト・ロマノフの料理はとても美味《おい》しく、私はたっぷりと食べ、そしてたっぷりと飲んだ。

仕事で飛びまわっている間にはなかなか味わえない開放感に、私は心地よく酔《よ》った。サンクト・ロマノフの村は素朴《そぼく》で美しく、心が洗われるようだった。

……まさか……あんなことまでしてしまうとは思わなかったが……。

私はひさびさの酒と疲れのせいでぐっすりと眠《ねむ》り……そして枕元《まくらもと》に置いたスマートフォンの着信音でやっと目を覚ました。

『報告書を見た。そして気になることがあったので連絡《れんらく》をしたんだ。メールは見てくれた？』

電話の相手は、ロンドン本社のグレン室長だった。私は今夜はメールをチェックしていなかったことに気づき、青ざめる。

「少し取り込んでいましたので。何かありましたか？」

私は起き上がろうとし……レオンに後ろから抱き締《だきし》められて息を呑む。

『君がメールに添付《てんぷ》してくれたデザイン画を見たよ。それで……』

レオンが私を抱き寄せ、首筋にキスをしてくる。甘い声を出しそうになり、慌てて言う。

「……すみません、メールをチェックしますので、電話を折り返してもいいですか？」

『いいよ。あと一時間は会社にいる。私のデスク宛《あ》てに電話をしてくれ』

「わかりました。では後ほど」

私は言って電話を切り、ベッドルームを突《つ》っ切ってリビングに入り、スマートフォンに転送されてきていたメールをチェックする。

「……いったいなんだろう……？」

私は呟《つぶや》きながら、室長から届いていたメールを開く。

『古い資料の中から見つけた。もしかして君が見たのはこのセットのことかな？』

いつも丁寧《ていねい》な彼にしては珍《めずら》しい、慌てたような短い文面。メールには画像ファイルが四種類添付されている。私はそれらのファイルを次々に開き、そこに写っていたものを見てとても驚く。かなり古い写真をスキャンして添付したものらしく、画像はとても荒《あら》い。写真自体は百年近く前のもののように見える。

最初の二枚には、イリアが持ってきたあのイヤリングとブレスレットがそれぞれ写っていた。そしてもう一枚は、レオンが『氷河の涙』と呼んだあの巨大《きよだい》なダイヤモンドがセットされたネックレス。そして最後の一枚は……。

「……ああ……」

私はそれを見て、思わずため息をつく。

イリアが持ってきたあのケースとまったく同じものに、イヤリングとブレスレット、そして『氷河の涙』のネックレスがぴったりとセットされている写真だ。

……これは、あのダイヤの本当の持ち主を特定するための決定的な証拠《しょうこ》になるはずだ。

私は思いながら、スマートフォンの短縮番号を押す。短い呼び出し音の後、すぐに相手が出る。

「青山です。すごい資料を見つけましたね。私が見たのはたしかにあのイヤリングとブレスレットです」

『それは本当にたしかかな？』

「もちろんです。私の鑑定士《かんていし》生命をかけてもいいです」

私が自信を持って言うと、室長は何かを考えるように少し黙《だま》る。それから、

『君を連れ去った男性……レオン・ヴァレンスキーと名乗っていた彼の本当の名前を、もう教えてもらったかな？』

「……は？」

私は彼の言葉の意味が解らずに、少し呆然とする。それから、

「本当の名前……とは？　ああ……彼はサンクト・ヴァレンスク系ですから、正式にはロシア系と同じように父親の名前がミドルネームとして入るのかもしれませんが……それが何か？」

グレン室長はまた言葉を切り、それから言う。

『詳《くわ》しいことは、レオン氏本人に聞いたほうがいいかもしれない。……これはサンクト・ヴァレンスク王室に伝わる婚礼《こんれい》のための宝飾品《ほうしょくひん》だ。そしてセットになっているペンダントは今から二十年前に盗難《とうなん》によって紛失《ふんしつ》している』

その言葉に私はとても驚いてしまう。

「王室に伝わる？　では、レオン氏のいるヴァレンスキー家がそれを預かって保管していた？　だから盗難にあったものを取り戻《もど》そうとしているんですか？」

私は城の地下に設けられた宝物庫を思い出しながら言う。

『君からの報告書によれば、彼の名前は、レオン・ヴァレンスキー。そして弟さんの名前はイリア・ヴァレンスキー。そうだったね？』

「そうです」

答えると、室長は深いため息をつく。

『ヴァレンスキーは、彼らの母親の旧姓《きゅうせい》だ。レオン氏はビジネスのためにその名字を通り名として使っているようだが……正式な名前は違う』

その言葉に、私は愕然《がくぜん》とする。

「では……彼の本当の名前は……？」

『彼の正式な名前は、レオン・サンクト・ヴァレンスク。サンクト・ヴァレンスク王家の第一王子。正式な王位継承《けいしょう》者だ』

私は室長の言葉を、遠い世界の出来事のように思いながら聞く。

……彼が、サンクト・ヴァレンスクの第一王子？　王位継承者……？

私は、自分がとてもショックを受けていることに気づく。もちろん本当の名前を教えてもらえなかったことは衝撃《しようげき》的だ。だが、彼が王位継承者だったことが、激しい衝撃を与《あた》えていた。

……彼が王位継承者なら、自分が世継《よつ》ぎを作るべき人間で男の恋人《こいびと》などもてないことはよく解《わか》っているはずだ。なのに彼は私に偽《いつわ》りの名前を名乗り、好きだと気軽に囁《ささや》いていたのか……？

私は、自分が彼に特別な感情をいつのまにか抱《いだ》いていたのだと知る。

……しかし、もうそんな想《おも》いは報《むく》われるわけがない。

『疑う余地はない。あのダイヤの本当の持ち主は、レオン・ヴァレンスキー……いや、レオン・サンクト・ヴァレンスク氏で間違《まちが》いないだろう』

グレン室長が言い、私は呆然とそれを聞く。

『男爵《だんしやく》の弟……アルバン氏には、私から連絡をしておく』

室長の言葉に、私は彼の存在をすっかり忘れていたことに気づく。

「ありがとうございます。助かります」

『ともかく、いったん会社に戻ってくれないか？　あのダイヤの件はあまりにも話が大きくなりすぎた。しかも依頼《いらい》主が王族となると外交問題に発展するかもしれない。面倒《めんどう》なことを避《さ》けるためにも、取締役会議《とりしまりやく》に報告書を通しておいたほうがいい』

「わかりました。今日にでも、本社に戻ります。……それから……」

私は少し迷い、それから言う。

「あのダイヤの引き渡《わた》しは、ほかの社員にお願いしたいんです」

『え？　珍しいな』

室長は言うが、私の沈黙《ちんもく》に何かを感じたらしく慌てて言う。

『わかった。どこで引き渡しをするか、そちらで決めておいてくれ』

「ありがとうございます。……また電話します」

私は言い、通話を切る。ソファの脇のカフェテーブルに置かれていたペンを取り、メモパッドから一枚のメモを破る。そこにナンバーを書く。

さっきまでの幸せな気持ちが、一気に凍《こお》りつくのを感じる。

……王族である彼と、ただのサラリーマンの私とでは立場がまったく違《ちが》う。そして彼は最初からそれを知っていた。

……私とのことは、ダイヤを返してもらえるまでの遊びだったというわけか。それを本気にするなんて、私は本物《ぬ》のバカだ。

私はリビングを抜けて、ベッドルームへのドアを開く。そしてそのままそこに立ちすくんでしまう。

朝の光が、キングサイズのベッドを斜《なな》めに照らし出している。目を閉じて横たわる彼の美貌《びぼう》に、鼓動《こどう》が速くなるのを止められない。

……だが、彼と結ばれることなど許されるわけがない。もう忘れるしかないじゃないか。

私はバスローブのままで部屋を横切ってクローゼットを開き、ボストンバッグから洗ってあった下着を取り出して身につける。ハンガーにかけてあったワイシャツとスーツを身に着け、ネクタイを締めて靴下《くつした》と靴をはく。そして唯一の荷物であるボストンバッグを取り出す。

……よし。

私は忘れ物がないことを確かめ、もう彼の方を振《ふ》り返らないままでドアに向かい……。

「いったい、どうしたというんだ？」

響《ひび》き渡《わた》った声は、今まで眠《ねむ》っていたとは思えないほど明瞭《めいりょう》だった。私はそのまま硬直《こうちょく》し、そして恐《おそ》る恐る後ろを振り返る。

ベッドの上に起き上がった彼が、真っ直《す》ぐに私を見つめていた。パジャマに包まれた逞《たくま》しい上半身、端麗《たんれい》な顔立ち。

私はドキリとして……それから気圧《けお》されている場合ではない、と思いなおす。

……ああ……どうしてこのまま行かせてくれなかったんだ……？

「タカヒコ、どうしたというんだ？」

「英国に帰るんです」

私の唇《くちびる》から出たのは、驚《おどろ》くほど冷たい声だった。

「え？」

「あなたは王族なんでしょう？　私とは遠い人だ」

つらい気持ちを抑《おさ》えて囁くと、彼は一瞬《いっしゅん》だけ驚いた顔をする。それから小さくため息をついてベッドを下りる。私に向かって歩いて来て、目の前に立つ。

「いつかは言おうと思っていたんだ」

彼は言い、私を真っ直ぐに見つめる。

「俺の本当の名前はレオン・サンクト・ヴァレンスク。サンクト・ヴァレンスク王家の人間で、第一王子だ」

彼の口から出たその言葉に、私は改めてそれが本当のことだったことを知る。

……もう、疑いようがない……。

「どうして最初から言わなかったのですか？」

私の唇から、かすれた声が漏《も》れた。彼は苦しげに眉《まゆ》を寄せて、

「嘘《うそ》をついたことは謝らなくてはいけない。だが、ダイヤだけでなくおまえの心も欲しかった。偏見《へんけん》なしに俺のことを知って欲しかった」

「そんな冗談《じょうだん》はもうやめてください。つらくなりますから」

私は言ってしまい、そして彼が驚いた顔をしたことに気づく。

「つらくなる？　そのわけを聞いていいか？」

「もういいです。あなたには関係ない」

私は言って、彼に背を向ける。

「俺のことを好きになってくれたのか？　そうなんだな？」

「もうそういうのはやめてください！　あなたは私をからかっているだけだ！」

私は振り返り、彼に向かって力いっぱい叫《さけ》ぶ。

「上司の許可が出ましたので、ダイヤはお返しします！　だからもう、あなたとは金輪際お別れです！」

その言葉に、彼はとてもショックを受けたような顔をする。

「あのダイヤが戻《もど》るだけではだめだ」

彼が、かすれた声で言う。

「愛している。おまえと一緒《いっしょ》にいたい。それは許されないことなのか？」

少年のような真っ直ぐな目に、私は眩暈《めまい》を覚える。

……苦しい……。

胸が締《し》め付けられるのを感じながら、私は思う。

……ああ、こんなにまで彼に思い入れてしまうなんて……。

「許されないに決まっています。あなたは王族で、しかも王位継承者なんですよ」

答えた私の言葉も、情けなくかすれている。

「もしもおまえが嫌《いや》なら……」

レオンが私を見つめ、これ以上ないほど真剣《しんけん》な顔で言ってくる。

「次の王位は、イリアに譲《ゆず》る」

その言葉に、私は本気で驚いてしまう。彼はその漆黒《しっこく》の瞳《ひとみ》で私を見つめ、懇願《こんがん》するような声で言う。

「だから……俺のそばにいてくれ」

……ああ、彼はきっと私をからかっているんだ。

「そんなことができるわけがありません」

彼はその秀麗《しゅうれい》な眉をきつく寄せ、私を見つめる。その顔がまるでいつもとは別人のように疲《つか》れて見えてしまい……胸が、ギリリと痛んでしまう。いつも強い光を浮《う》かべているその瞳がとても虚《うつ》ろに見えて、さらに胸が痛む。

「あのダイヤの引き渡し場所をご指定ください。社員がお届けに参りますので」

彼はさらにショックを受《う》けた顔で、私を見つめる。

「おまえが渡してくれるのではないのか？」

「ダイヤをどうするかという判断を下した時点で、私の仕事はすでに終了《しゅうりょう》しています」

口から出たのは驚くほど冷たい声だった。

「上司の電話番号をお渡しします。彼と直接交渉《こうしょう》をお願いします」

私は言い、さっき書いたメモを彼に差し出す。

「責任者ですので、私よりも話が早いでしょう」

レオンは呆然《ぼうぜん》とした顔でそれを受け取り、それから苦しげな顔で、

「わかった。だが、あと一つだけ」

どこかすがるような切ない目をされて、眩暈がする。

……ああ、このまま彼の逞しい胸に飛び込めたら、どんなに幸せか。

私は彼を見上げながら想《おも》う。

……そして、「本当は愛している、私と一緒にいて欲しい」と叫べたらどんなにいいか。

「……なんでしょうか？」

すべての感情を殺した声は、驚くほど冷淡《れいたん》に聞こえる。彼は物理的な攻撃《こうげき》を受けたかのようにチラリと眉を寄せ、それから言う。

「会社の前まで、おまえを送らせてくれないか？」

……ああ、ダメだ、今すぐにお別れだと言わなくては。

思うのに、胸が潰《つぶ》れそうに苦しくて、どうしてもノーという言葉が出ない。

「飛行機の予約が、まだなんです」

私の唇から、勝手に言葉が漏れた。

「送っていただけるのなら、助かりますが……」

「それなら決まりだ。出発は何時にする？」

彼に問いかけられ、自分の心が暴走する前に私は慌《あわ》てて答える。

「すぐにでも」

「わかった。電話をして、自家用ジェットのパイロットに大至急準備をさせよう。一時間後には出られるはずだ」

彼は言い、それから悲しげな笑《え》みを浮かべて言う。

「無理を言ってしまってすまない。嫌《きら》われているのは最初からわかっていたはずなのに」

自嘲《じちょう》的な声に、私はたまらなくなる。

「あなたが嫌いなわけではありません。この国にいる間、あなたはとてもよくしてくれた。このまま友人でいられたらどんなによかったか……今でもそう思います」

その言葉は、嘘ではなかった。

……もしも私が彼におかしな感情を持たず、ただの友人としての好意しか抱《いだ》かなければ、きっとこんな愁嘆場《しゅうたんば》を演じなくてすんだ。

「でも、もう遅《おそ》いんです」

私の胸が、後悔《こうかい》に締め付けられる。

……なのに、いつの間にこんなふうに好きになってしまったのか……。

「俺はおまえのことを恋愛《れんあい》対象として好きだ。愛している」

レオンの口から出た言葉が、私の胸に突《つ》き刺《さ》さる。

「この感情はもう二度と消えない。でも、もう無理なのか？」

……ああ、あなたは解《わか》っていない。

私は彼の顔を見つめながら思う。

……あなたの心にある真っ直《す》ぐな感情、それはただの友情だ。そして私の胸にある、どす黒く、熱く、死んでしまいそうなほど苦しい感情、それがきっと恋《こい》だ。

「もう無理です」

私は言い、彼から無理やり視線を引き剥《は》がす。

「あなたも着替《きが》えが必要ですね。私はリビングにいますから……」

「着替えなら書斎《しょさい》にもある。準備ができたら電話を入れるからここにいてくれ」

彼は言い、パジャマを着たままで部屋を出て行く。閉じられたベッドルームのドアを、私は呆然と見つめる。

……さようなら、レオン。

私は、心の中でレオンに話しかける。

……『氷河の涙《なみだ》』はあなたの一族が取り戻す。そしてあなたは死神から自由になる。これが一番正しい方法です。

レオン・ヴァレンスキー

『許されないに決まっています。あなたは王族で、しかも王位継承《けいしょう》者なんですよ』

彼の言葉が、耳の奥でまだ響《ひび》いている。悲しげな口調に、俺の胸は締め付けられる。

……もしも俺のことが嫌いだとしたら、そんなことを言うわけがない。

俺は崩《くず》れ落ちそうになりながら、必死で自分に言い聞かせる。

……彼はきっと俺を愛してくれている。そうに決まっている。

俺はサンクト・ヴァレンスクの国を心から愛しているし、サンクト・ヴァレンスク王家の一員として生まれてきたことに誇《ほこ》りを持っている。だが……。

今は、激しい苦しみが胸を詰《つ》まらせている。

……ああ……俺の中で、彼はこんなに大きな存在になってしまったんだ……。

……ああ……。

書斎に入った俺は、ドアに背を押し付けたまま、深いため息をつく。

……彼がこの手から逃《に》げてしまう……。

彼の視線を思い出すだけで、心が今にも砕《くだ》け散りそうなほどに痛む。

最初に会った時から、彼の態度は冷たかった。しかしその態度は彼の警戒心《けいかいしん》の強さを表しているだけで心が冷たい人というわけではない、俺はそう確信した。なぜならその視線はどこかあたたかく、好奇心《こうきしん》に煌《きら》めいていて、本当に嫌われているわけではないということが伝わってきたからだ。

俺は、頑《かたく》なな心の鎧《よろい》を取り除こうとして彼を口説き続けてきた。彼はそれに応《こた》えてゆっくりと警戒心を解き、昨夜はついにその麗《うるわ》しい裸体《らたい》を余すところなく俺の目の前にさらしてくれた。

彼は俺の愛撫《あいぶ》に甘く喘《あえ》ぎ、とめどなく蜜《みつ》を放ち、そして俺の腕《うで》の中でぐっすりと眠《ねむ》った。

……心は通じ合ったと思っていた。なのに……。

青山貴彦

……彼とはもう二度と会うことはない。

ロンドン。サザンクロス社のすぐ近く。私はリムジンを降りながら思う。

……いや、会うことが叶《かな》うわけがない。なぜなら、彼は王族。私とは、まったく世界の違《ちが》う人間だからだ。

世界中の貴族を相手にする仕事をしてきて、知ることができたことがある。同じように高貴なイメージでも、富豪《ふごう》や貴族と、王族とは実はまったく違うものだ。富豪が自分のために生きるとしたら、王族は国民のために生きている。絶対の使命は一族の血を絶やさず、次の世代に受け継《つ》ぐこと。ある程度自由な恋愛は許されるが、同性愛は絶対に許されない。

私は顧客《こきゃく》の中にいた数人の王族を思い出す。彼らはすでに高齢《こうれい》だったけれど、そのせいで昔の恋の話も聞くことができた。彼らがどんなに厳しい規律を守って生きているかに私は驚《おどろ》き、彼らが王族であるがゆえに失った恋に胸を痛めた。そして、高貴な一族に生まれた代償《だいしょう》はとても大きいことを知った。

……もしもサンクト・ヴァレンスクの王位継承者であるレオンが、男の私と恋人《こいびと》関係にあると知られたら、とんでもないスキャンダルになる。

思うだけで、全身の血の気が引く。

サンクト・ヴァレンスク王室は、二人の王子のプロフィールを今まで巧《たく》みに隠《かく》してきた。それは二人が揃《そろ》って麗しい容姿を持ち、面白《おもしろ》半分のスキャンダルの対象になりやすいという理由も大きいのだと思う。そしてスキャンダラスな恋をして、その地位を捨てた王族は数知れない。地位を捨てた後も平和に暮らせればいいが、長続きしない恋も多い。王族はすべてを失ったことを初めて知ることになる。

……レオンのような高貴な男に、そんな惨《みじ》めな思いをさせることは許されない。

私はとても混乱しているが、これだけは絶対に確信を持って言える。

……私さえいなければ、彼は今までと同じように実業家としての経験を積み、いつかはサンクト・ヴァレンスクの王になる。国民は、賢《かしこ》く、強く、麗しい王の誕生を心から喜ぶだろう。

レオンがリムジンを降りてくる。真っ直ぐに見つめられているのが解るけれど、私はどうしても彼を見返すことができない。

「お世話になりました。どうかお元気で」

私は目をそらしたままで言い、彼に背を向ける。

道路を渡《わた》ったところに見えるサザンクロス社の階段は、出社する社員達でごった返している。

あれにまぎれればすぐに日常を取り戻《もど》せる。あの現実離《ばな》れした巨大《きょだい》なダイヤも、出会うはずのなかった本物の王子様も、きっとそれで忘れられる。

私はもう振《ふ》り返らずに会社を目指して歩き始め……。

「タカヒコ」

後ろから聞こえた声があまりにも苦しげで、私は思わず立ち止まってしまう。

……聞こえなかったふりで、このまま立ち去るんだ。

私は自分に命令をする。

……でないと、一生引きずりそうな気がする。

私は思うが……自分ではもう解っていた。彼のことを忘れられるわけがない。私はこれからの一生、彼のことを想《おも》い、苦しみながら生きていくんだ。

……でも、そうするしか……。

「タカヒコ。おまえを忘れることなどできない」

後ろから聞こえてきた声はまるで独り言のように無感情だった。私は思わず振り返り、そして漆黒《しっこく》の瞳《ひとみ》で見つめられてそのまま動けなくなる。表情豊かだった彼の顔は本物の彫刻《ちょうこく》のように無感情で、あんなに煌めいていた彼の瞳はガラスのように虚《うつ》ろだ。

「行かないで欲しい」

彼の言葉に、目の奥が強く痛む。私は泣いてしまいそうになり、慌《あわ》てて彼に背を向ける。

「あなたはすぐに忘れます。そうでなくてはいけないんです」

私は言葉を喉《のど》の奥から搾《しぼ》り出す。

「さようなら、プリンス。もう二度と会うことはありません」

私は言い、そしてもう二度と振り返らずに歩き始める。

……これでいいんだ。

頬《ほお》を一筋の涙が流れるが、手の甲《こう》で強く擦《こす》るとそれも風の中に消える。

……彼は王家の跡取《あとと》りとして、どこかの女性を娶《めと》って跡継《あとつ》ぎを作る。だから男の私のことなど今日限りで忘れる。それしかない。これが正しいんだ。

そう言い聞かせるけれど……私の心の痛みは少しも消えなかった。

レオン・ヴァレンスキー

俺は道路に立ち尽《つ》くしたまま、去っていく彼の姿を見送る。凜々《りり》しく伸《の》ばされた背中、ほっそりとした腰《こし》、すらりとした長い脚《あし》。彼は、後ろ姿までがこんなに麗しい。

彼の姿がエントランスに消えるまで見送り……俺はリムジンに戻る。心配そうな顔でドアを開けてくれた運転手にうなずき、車内に滑《すべ》り込む。

スラックスのポケットで、紙がくしゃりと音を立てた。彼が渡してくれたメモが入っていることに気づき、俺はそれを引き出して目を落とす。

癖《くせ》のない美しい字で書かれた『鑑定《かんてい》室室長、グレン氏のナンバーです』の文字。そして羅列《られつ》された数字。さよならの文字すらない。彼がくれた最後のメッセージは、胸が痛くなるほどそっけなかった。

俺はそのまま十分ほど待ち、胸の痛みをこらえながら携帯電話《けいたいでんわ》を取り出し、そのナンバーを押す。短い呼び出し音の後、すぐに相手が出る。

『はい、鑑定室、グレンです』

落ち着いた、高齢の男性の声が聞こえる。

「レオン・ヴァレンスキーです」

俺が言うと、彼は小さく息を呑《の》む。それから、

『お電話をありがとうございます。……アオヤマから聞いております。「氷河の涙《なみだ》」の引き渡《わた》しの件ですね？』

彼の言った貴彦の名前だけで、激しく胸が痛む。俺は動揺《どうよう》を声に出さないように言う。

「実は今、ロンドンにいます。すぐにでも引き取ることは可能ですか？」

『もちろんです。では、どこか安全な場所にお持ちしましょう。ご宿泊《しゅくはく》のホテルを教えていただければ……』

「あなたの会社のエントランス、道路を渡ったところに黒のリムジンが停《と》まっています。そこから見えますか？」

『えっ？　ああ……少しお待ちください』

彼は驚いたように声を上げる。リムジンに寄りかかって見上げていると、五階の窓に白髪《しらが》の男性が姿を現した。携帯電話を持っているところを見ると、彼がグレン氏だろう。私が手を上げると、彼はぺこりとお辞儀《じぎ》をする。

『場所を確認《かくにん》しました。今すぐに金庫に寄り、そちらにお持ちします』

「どうもありがとう。よろしく」

俺は言い、電話を切って彼がいた窓をまた見上げる。貴彦の所属は鑑定室。あの窓の向こうに、愛《いと》おしい彼がいる。

さっきまでそばにいたはずの彼が、もう二度と手に入らない場所に行ってしまったことが、俺の胸をまた激しく痛ませる。

屈強《くっきょう》なSPに両側を守られ、アタッシェケースを抱《かか》えたグレン氏がエントランスから出て来るまで、俺はその窓を見上げ続けた。しかし、貴彦が姿を現してくれることはなかった。

青山貴彦

「場所を確認しました。今すぐに金庫に寄り、そちらにお持ちします」

グレン室長が言い、電話を切る。デスクの前に立っていた私に視線を向けて、車のナンバーをすらすらと言う。

「レオン・ヴァレンスキー氏のリムジンで間違《まちが》いないね？」

「はい」

私は窓に駆《か》け寄って見下ろしたいのを必死で我慢《がまん》しながらうなずく。

「これから私が金庫に寄り、『氷河の涙』を彼に引き渡す。君が行く方がいいのでは？」

彼の言葉に、私は深くうなずく。

「私の仕事は終わっています。そして彼からの依頼《いらい》を受《う》けることは二度とないと思います」

グレン室長は少し心配そうな顔になって、

「電話でも思ったんだけど、元気がないよね。何かもめごとでも？　君にしては珍《めずら》しい」

「たいしたことではありません。ただ、王族との関《かか》わりは私には少し荷が重いです」

私が言うと、グレン室長は納得《なっとく》した顔で、

「ああ……そういえば、彼が王族であることはずっと秘密にされていたんだよね？　たしかに国家やら情報部やらが絡《から》む仕事が多いので、面倒《めんどう》かもしれない」

言いながら椅子《いす》の背にかけてあった上着を羽織る。

「じゃあ、行ってくる。……ええと……もしも体調が悪いようなら、報告書は明日以降でも大丈夫《だいじょうぶ》だよ」

「はい？」

私が聞き返すと、彼は言いづらそうな口調で、

「顔色が悪い。疲《つか》れているんじゃないのかな？　早退するなら、デスクに届けを置いていってくれればいいからね」

言って、足早に部屋を出て行く。

「本当に顔色が悪いですよ？　もう帰ったほうがいいですよ」

いつの間にか近くに来ていたワッツが、心配そうに言う。ダグラスも自分のデスクから、

「なんだかんだ言って、あの男の家に軟禁《なんきん》されていたようなものだろう？　しかもあの男、本当は王子様だったとか？　本当に変なこととかされていない？」

とても心配そうに言われて、私は緊張《きんちょう》する。きちんとワイシャツを着てネクタイを締《し》めているけれど……私の肌《はだ》には彼につけられたキスマークが散り、彼に教えられた快感が、まだ身体

を甘く痺れさせているようだ。

「軟禁だなんて大げさです。城の宝物庫を隅々《すみずみ》まで見せてもらっていました。サンクト・ヴァレンスク王家に伝わる門外不出の宝物をたくさん目に焼き付けてきました。とても勉強になりましたよ」

私が言うと、二人は急に顔を輝《かがや》かせて、うらやましい、自分も見たかった、と口々に叫《さけ》ぶ。

「ただ、あっちで少し風邪《かぜ》を引いたみたいなんです。それで顔色が悪いのかもしれません。でもたいしたことは……」

「じゃあダメだ！」

「すぐに帰ったほうがいいです！」

二人は私の言葉を遮《さえぎ》って言い、私はその迫力《はくりょく》に気圧《けお》される。

……私は、そんなに疲れた顔をしているのだろうか？

◆

グレン室長が部屋に戻《もど》るのと入れ違《ちが》いに、私は鑑定室を出た。彼の「無事に引き渡せた」という報告を聞けば十分だったし、レオンの話はもう聞きたくなかった。

……いつまでもこんなことをしていられないのに。

私は思いながらエントランスから出て……思わず周囲を見回してレオンのリムジンを探してしまう。二度と会ってはいけないと解《わか》っている。しかし、どうしても止められなくて……。しかし彼の乗っていた黒のリムジンは、すでに影《かげ》も形もなかった。私は激しく落胆《らくたん》し……そしてそんなことでどうする、と自分を叱《しか》りつける。

……二度と会わないのは、彼のためだ。愛してしまったのなら、それくらいのことができなくてどうするんだ？

私は暗澹《あんたん》たる気分になりながら、エントランスの階段を下りる。そしてアパートに向かって歩き出そうとして……。

「……っ」

私の腕《うで》が、いきなり後ろから掴《つか》まれた。覚えのあるそのシチュエーションに、鼓動《こどう》が速くなってしまう。

……まさか、レオンが……？

私は我慢できなくなって振《ふ》り返り……そしてそこに立っていた男を見て激しく落胆する。

「ミスター・アルバン・クラヴィエ……」

そこに立っていたのは、クラヴィエ男爵《だんしゃく》の弟、アルバン氏だった。

「君に話があるのだが」

見下ろしてくる彼の目に怒《いか》りの光がある気がして、私はドキリとする。

「あのネックレスのことですか？　あのことなら鑑定室《かんてい》の室長から話が行ったかと……」

「探偵《たんてい》を雇《やと》って、君のことを調べさせていたんだ」

いきなり言われた彼の言葉が信じられず、私は呆然《ぼうぜん》と彼を見上げる。

「……は……？」

「自家用ジェットを使われたのでなかなか難しかったが……あのダイヤを探しているのがサンクト・ヴァレンスク王室の人間だということはわかっていた。あちらでも探偵を雇い、そして決定的な証拠《しょうこ》を見つけた」

アルバンの目は何かに取り憑《つ》かれてでもいるかのようにぎらぎらと光り、私はゆっくりと血の気が引くのを感じる。

「証拠？　いったい……なんのことですか？」

「君が、サンクト・ヴァレンスクの王子……レオン・サンクト・ヴァレンスクと一緒《いっしょ》に山奥の城にいたことはわかっている。ハネムーンは楽しかったかな？」

その言葉に、私は愕然《がくぜん》とする。

……なんてことだ……。

「それに関しては、証拠もいろいろあるんだ。マスコミに流されたくなかったら、おとなしくついてくるんだな」

彼の顔は、前に見た時とは別人のようで私は抵抗《ていこう》できなかった。彼は私の腕を摑んだまま、ミラーガラスのセダンに近づく。ドアを開けて待っていた運転手に後部座席に押し込められ、隣《となり》にアルバンが滑《すべ》り込んできて……私はもう逃《に》げることができなくなる。

……ああ、いったいどうすればいいのだろう？

彼が私を連れて行ったのは、ロンドンの郊外《こうがい》にある古い屋敷《やしき》だった。ここには夏に一度だけ来たことがあるが……その変わりように私は愕然としていた。

……クラヴィエ男爵の夏の別荘《べっそう》だ。しかし、もう廃墟《はいきょ》のようじゃないか。

アルバンに背中を押されるようにして、私は屋敷の中に踏《ふ》み込む。そしてその荒《あ》れようを見てさらに驚《おどろ》く。

ヴィクトリア時代のアンティークのタペストリーは陽《ひ》に灼《や》けて色あせ、高名な作家の描《えが》いた油絵は放置されて埃《ほこり》を被《かぶ》り、高価なヴェネチアングラスのシャンデリアは無残に割れてしまっている。男爵はそれらをとても愛し、大切にしていたはず。なのに……。

「兄が倒《たお》れた時、ここの管理を任された。古いばかりでガラクタでいっぱいの別荘を任されて困っていたんだが……こんな時に使えるなんてね」

アルバンが可笑《おか》しそうに言う。美術品の汚《よご》れようからして、彼が芸術になど少しも興味がないことを悟《さと》る。そしてそんな相手を、あの男爵がダイヤの後継者《こうけいしゃ》として選ぶわけがない。

「あのペンダントは、サンクト・ヴァレンスク王家の別荘から盗《ぬす》まれたものでした」

私は彼を見つめながら言う。

「その犯人はクラヴィエ男爵とされ、サンクト・ヴァレンスク王家は、ずっと彼を追っていた。しかし……あの『氷河の涙《なみだ》』を盗んだのは、本当に男爵なのでしょうか？」

私の問いに、アルバンが可笑《おか》しそうに笑う。

「まさか。あれを盗んだのは私だ。私はその頃《ころ》、サンクト・ヴァレンスクにあるあの男のアンティークショップで見習い店員として雇われていた。姉とあの男が恋仲《こいなか》であることを知って、無理やり雇わせたのだが」

彼の言葉に、私は呆然とする。アルバンとクラヴィエ男爵が、そんなに昔からの知り合いだったなんて。

「あの夜、私はあの男の手伝いで山奥の城にいった。サンクト・ヴァレンスク王から、アンティークジュエリーを届けるようにと頼《たの》まれていたからね。その時に覗《のぞ》いたパーティーで、王妃《おうひ》が着けていたのが、あの『氷河の涙』だ。あの巨大《きょだい》さと美しさに、私は心を奪《うば》われた。そして一人で部屋に戻った王妃の後をつけたんだ」

その言葉に、私は思わず青ざめる。

……それは若かりし頃のレオンの母親に違いない。こんな危険な男に、まさか尾行《びこう》されていたなんて……。

「私はまんまと王妃の寝室《しんしつ》に忍《しの》び込んだ。そして彼女が風呂《ふろ》に入っている間に、ペンダントを盗み出した。メイドたちがすぐに駆《か》けつけたので、危ないところだったのだが」

楽しそうに言う彼に、私は激しい怒りを覚える。

「その罪を、クラヴィエ男爵に着せたのですか？」

私が言うと、彼は可笑しそうに笑って、

「あの男は本当に小心者だったが、弟思いではあった。私が『王妃のペンダントを盗んでしまった。一緒にパリに逃げて欲しい』と懇願《こんがん》したら、あっさり財産をまとめてついてきた。まあ……『氷河の涙』を見せた時には目の色が変わっていたから、あの男も魂《たましい》を奪われたのかもしれないけれど」

彼は肩《かた》をすくめて言う。

「パリに来たクラヴィエは結婚《けっこん》をしたが……サンクト・ヴァレンスクからの追っ手にいつも怯《おび》えていた。顔を変えたのもそのせいだ。本当に小心な男だ。まさか彼が、あんなに店を大きくし、男爵と呼ばれるようになるまで出世するとは思わなかったけれど」

「男爵から、あなたの話を聞いたことは一度もありませんでした。あなたと男爵の仲は、決裂《けつれつ》していたんですか？」

彼は肩をすくめて、

「私はパリにあるクラヴィエの店で働いていたんだが……ついつい金を盗んでしまってね。すぐにクビになってしまった。その時、店の金庫に入っていた『氷河の涙』を取り上げられた。兄と義姉《あね》が『いつかはサンクト・ヴァレンスク王家にこれを返す』と言っていたのを聞いて呆《あき》れたよ。すでにパリで地位を築いていたせいで、スキャンダルを恐《おそ》れて返すことなんかできなかったくせに」

彼は馬鹿《ばか》にするような口調で言い、それから私を見てにやりと笑う。

「それから私は夢中で働き、実業家になった。それもこれも、兄と義姉の信用を取り戻し、なんとか隙《すき》をついてあの『氷河の涙』を取り戻すためだった」

彼の目はどこか虚《うつ》ろで、その奥には気味が悪いほど強い光がある。彼は、あの美しいダイヤに魂のすべてを奪われてしまったのかもしれない。

「しかし義姉は病気であっさりと亡《な》くなり、さらに兄までが病に倒れた。私はチャンスだと思い、葬儀《そうぎ》に出向いた。ほかの親戚《しんせき》は私と兄の不仲をいやというほど知っていたので騙《だま》すことは難しかったが……君がいてくれて助かった。まんまと騙されてくれた。……一度は、だが」

彼の顔がふいに怒りに歪《ゆが》む。彼の手が私の襟《えり》を掴《つか》み上げる。

「『氷河の涙』はどこにある？　会社の金庫の中か？」

私は彼を睨《にら》み上げながら、

「あれは今朝、サンクト・ヴァレンスク王家に引き渡《わた》された。いくらあがいても無駄《むだ》だ」

私が言うと、彼の顔がさらに歪む。それから、ふいに酷薄《こくはく》な笑《え》みを浮《う》かべて、

「それなら、おまえを人質《ひとじち》として使おう。サンクト・ヴァレンスクの第一王子はおまえにご執《しゅう》心《しん》のようだ。おまえの命と引き換《か》えにすると言えば、きっとダイヤを渡す」

彼は左手一本で私の両手首をいきなり摑み上げる。そして右手で私のポケットを探《さぐ》り、スマートフォンを取り出す。

「サンクト・ヴァレンスクの王子に電話をしろ」

その言葉が、私の怒りを搔《か》き立てる。

「そんなことができるわけがない。おまえはクラヴィエ男爵を苦しめ、サンクト・ヴァレンスク王家の宝を狙《ねら》っている。絶対に許さない」

私が言うと、彼は本当に可笑しそうに笑う。

「美人の死神、おまえに選ぶ権利はないんだよ」

彼は言い、私の手首を解放する。逃げようとした私は、容赦《ようしゃ》ない平手打ちをされて思わず床《ゆか》に倒れ込む。眩暈《めまい》をこらえている間に、彼は私の両手を摑み、自分のネクタイを外して私を後ろ手に縛《しば》り上げる。

「放せ！　なにをする気だ？」

「こんな美人を縛ったら、やることは一つだろう」

彼はいやらしい声で言い、私の身体《からだ》を荷物のように肩に担《かつ》ぎ上げる。私はそのまま運ばれ、白い布の被《かぶ》せられたソファに押し倒される。

「あの城で何をしていた？　あの王子に毎晩ヤラレていたんだろう？」

彼が言いながら、私のシャツのボタンを引きちぎる。

「黒衣の死神は、大富豪《だいふごう》を誘《さそ》って腹上死させると聞いたことがある。きっととんでもない淫乱《いんらん》なんだろうな」

彼は言いながら、私の胸元《むなもと》にべろりと舌を這《は》わせてくる。激しい嫌悪《けんお》と絶望に、目の前が暗くなる。

「人質になる前に、まずは楽しませてもらおうか」

「嫌《いや》だ！」

私は本気で叫《さけ》びながら、レオンの顔を思い出していた。

「助けてくれ、レオン！」

私は必死で身体をよじり、彼の手から逃《のが》れようとして叫ぶ。

「あなたを愛しているんだ！　ほかの男になんて、絶対に抱《だ》かれたくない！」

……でも……レオンが来るわけがなくて……。

バアン！　という大きな音がして、ドアが壁《かべ》に跳《は》ね返る。そして聞き覚えのある声が叫ぶ。

「彼を放せ！」

私は信じられない気持ちでそれを聞き……それから目を上げて彼を見る。

立っていたのは、驚《おどろ》いたことにレオンだった。彼は本気の怒《いか》りの表情を浮かべて、部屋を大

また横切ってくる。

「……レオン王子……」

アルバンは愕然《がくぜん》とした声で言い、それから慌《あわ》てたように私の上から身を起こす。

「ま、待ってくれ。私が襲《おそ》ったわけではなくて、彼が誘って……ぐうっ！」

レオンは彼の襟首《えりくび》を摑み上げ、そのまま渾身《こんしん》の右ストレートを彼の頰《ほお》に叩《たた》き込む。

「ぐわっ！」

アルバンは驚くほど遠くまで飛び……そのまま壁にぶつかって気絶する。

私はまだ信じられない気持ちで彼を見上げ……そして彼の腕《うで》にしっかりと抱き締《し》められる。

「グレン氏からダイヤを受け取った後……いったんは空港に向かったのだが、どうしても帰る気になれずにサザンクロス社の前に戻《もど》った。おまえともう一度だけ話をしたかった。そうしなければ、一生後悔《こうかい》すると思った。そして……おまえがカラシニコフの弟、アルバンにさらわれるのを見た」

その言葉に、私は驚いてしまう。

「渋滞《じゅうたい》に引っかかって途中《とちゅう》で見失ったが、男爵《だんしゃく》の別荘《べっそう》があったことを思い出してここにかけつけた。間に合ってよかった」

彼の本気でホッとしたような声が、私の胸を熱くする。

「……ありがとうございます。あなたが来てくれてよかったです」

「……それで？」

　彼は私を見つめながら言う。

「廊下《ろうか》を走っている時、おまえが叫んでいるのが聞こえた気がしたんだが」

　彼は言い、言葉を待つようにしてその続きを待つように何も言わずに私を見つめてくる。すぐそばにある彼のあたたかな身体、鼻腔《びこう》をくすぐる芳《かんば》しい彼のコロン。私はたまらなくなって、本当の気持ちを口にする。

「さっき叫んだことは本当です。あなたを、愛しているんです」

　彼は小さく息を呑《の》み、それをため息にしてゆっくりと吐《は》き出す。それから、

「では、どうして俺に別れを告げたんだ？　俺が別の名前を名乗ったことが許せなかった？」

「あなたが王族だったことには驚きましたし、教えてもらったのが本名ではなく通り名だったことは少しショックでした。でも私があなたに別れを告げた理由はそうではなく……」

　私は言葉を切り、それから深いため息をつく。

「あなたは王位継承《けいしょう》者で、女性と結婚して世継《よつ》ぎを作るべき人です。だから男の恋人《こいびと》など持ってはいけない……そう思ったんです」

　彼は驚いたような顔をし、それから微《かす》かに微笑《ほほえ》む。

「俺のことを想《おも》って、別れを言ってくれたのか？」

「そうです。それに……もしもあなたが遊びで『好きだ』と言ったのだとしたら許せないと思

いました。私はこんなにあなたのことを愛してしまったのに……」

視界がふいに曇《くも》り、私の頬を涙《なみだ》が滑《すべ》り落ちた。

「もしもあなたが女性と結婚《けっこん》しても、隠《かく》れた愛人になることもできたかもしれません。でもあなたを愛しすぎた私には、そんな仕打ちはとても耐《た》えられなかった」

私の言葉に、彼は深くうなずく。

「俺は、おまえを愛人にする気などない。おまえがいやだというのなら王位を捨てる。もしも王になったとしたら、サンクト・ヴァレンスクの法律を変える」

私はその言葉に本気で驚いてしまう。

「法律を？」

「そうだ。今まで禁止されてきた同性同士の結婚を許すことにする。そしておまえを妻にし、ずっとずっと一緒《いっしょ》に暮らすんだ」

彼の言葉に、胸が熱くなる。

「では……どちらにしろ、あなたには私を捨てるという選択肢《せんたくし》は……」

「そんなもの、あるわけがない。一目で恋《こい》をして、ずっとずっと欲しかった。もう逃《に》がすことなどできない」

彼は言い、私の目を真っ直《す》ぐに見つめてくる。

「おまえも、俺のことを愛しているだろう？　もう二度と離れたくない、そう思っているんだろう？」

囁《ささや》かれて、私は何も考えられなくなってうなずく。彼はその端麗《たんれい》な顔にとてもセクシーな笑みを浮かべる。

「それなら、一緒においで。これからハネムーンの予行演習だ」

彼は私を抱き上げて、廊下に続くドアを肘《ひじ》で開く。ドアの外に待機していたＳＰ達が入れ違《ちが》いに部屋に入り、アルバンを縛り上げているのが見える。

「郊外《こうがい》にある俺の別荘に行こう。そこでハネムーンの予行演習だ。……いい？」

囁かれて、私は頬を熱くしながらうなずく。

「はい。私のすべてを、あなたのものにしてください」

◆

「……あ……ああ……っ」

私のこらえきれない甘い声が、高い天井《てんじょう》に響《ひび》いている。

ここは彼が所有するロンドン郊外の別荘。自然の残る森の奥にある美しいマナーハウスで、たくさんの使用人の手で美しく、居心地《いごこち》よく、調《ととの》えられている。

彼は私を誘って、二階の一番奥にある彼の居室に来た。ドアをくぐる前に私を抱き上げ、そのまま専用リビングを突《つ》っ切ってベッドルームに運んできた。

ベッドに押し倒《たお》された私は、身につけているすべてのものを奪《うば》われた。そして指と唇《くちびる》と舌で愛撫《あいぶ》され、全身を蕩《とろ》けさせながらシーツの上に仰向《あおむ》けになっている。

「……あんなに出したのに、まだこんなに硬《かた》い。まだ足りない？」

放った蜜《みつ》をヌルリと先端《せんたん》に擦《なす》り付けられて、私の全身を鋭《するど》い快感が貫《つらぬ》く。

「……アア……ッ！」

不慣れな私の身体には、彼の手で施《ほどこ》される愛撫のすべてがとんでもなく刺激《しげき》的だった。優《やさ》しく撫《な》でられるだけで快感の鳥肌《とりはだ》が立ち、強く擦《こす》られれば一気に欲望《よくぼう》が燃え上がり、本気で愛撫されれば全身が蕩け、我を忘れて快楽の高みにいきなり駆《か》け上がってしまう。私は制御《せいぎょ》できない自分の身体が少し怖《こわ》い。

「……ダメ……」

先端を擦られただけで、私の屹立《きつりつ》はまた先走りの蜜をトロトロと零《こぼ》し始める。拒絶《きょぜつ》しなくてはいけないと解《わか》っているのに、どうしても強い否定の言葉を言うことができない。しかも声がかすれてしまっているので何を言ってもねだっているかのようだ。

「……ダメ？　それにしては……」

彼の人差し指が、張り詰《つ》めた先端を軽く撫でる。ヌルリとした感触《かんしょく》がとても淫《みだ》らだ。

「……こんなに硬いまま、蜜まで垂らしているが」

低く囁かれただけで、先端のスリットから蜜がまた溢《あふ》れ出す。

「……ん、くうぅ……っ」

「すごい、またイキそうじゃないか」

彼の言うとおり、私の屹立は熱をもって今にも爆発《ばくはつ》しそうになっている。

「いつもはあんなにクールな顔をして……だが本当はこんなに熱くて感じやすい身体《からだ》をしているんだな」

彼が囁いて、私の耳たぶにそっとキスをする。

「……ん……っ」

その刺激だけでいきなり放ちそうになり……私は必死で彼の身体を押しのける。寝返《ねがえ》りを打って彼に背を向け、自分の身体を抱き締める。そうしないと、今にも本当にイキそうだった。

「……もうやめてください。眠《ねむ》いんです」

私は言うが、とても感じているせいで舌がもつれる。

……ああ、でも、こんな身体のままでどうすればいいのか解らない……。

きつく身体を抱《だ》き締《し》めて、私は震《ふる》えるため息をつく。全身がトロトロに蕩けそうなほどの快感に、イクことしか考えられなくなる。しかし彼にこれ以上の醜態《しゅうたい》を見られるのは……。

「嘘《うそ》をつけ」

彼が言い、私の肩《かた》を大きな手が摑《つか》む。驚《おどろ》いている間に乱暴に仰向けにされる。

「こんな身体で、眠ることなんかできないだろう」

見下ろしてきた彼の目は、まるで飢《う》えた野獣《やじゅう》のような獰猛《どうもう》さを浮《う》かべていて……見つめ返すだけで、まるで噛《か》み殺される寸前の獲物《えもの》になった気がしてくる。

……ああ、このまま噛み殺されてしまえば、どんなに楽だろう……？

私は熱く疼《うず》く身体のまま、陶然《とうぜん》と思う。

「そんな潤《うる》んだ目で見つめてしまったら……今すぐに食われてしまうぞ」

彼は言い、私の首筋に顔を近づける。あたたかな吐息《といき》が肌《はだ》をくすぐり、その一瞬《いっしゅん》後……。

「……んんっ！」

彼の歯が、私の首筋に容赦《ようしゃ》なく噛み付いてくる。彼はいかにも育ちのいい人らしい、真っ白で完璧《かんぺき》な歯並びをしている。それが自分の肌に食い込むところを想像するだけで、全身に恐《おそ》れと快楽の震えが走る。

「……や、あ……っ」

彼が、まるでセクシーな吸血鬼《きゅうけつき》のように、さらに強く首筋を噛んでくる。痛みすら激しい快感に変換《へんかん》されて……私の腰《こし》がひくりと浮き上がってしまう。

……ああ……またイキそう……！

彼の着ているシャツの布地が、私の尖《とが》った乳首《ちくび》に擦《す》れる。布地越《ご》しの彼の体温を感じただけで、私の屹立がヒクヒクと震えながらまた蜜を振《ふ》り零す。

「……ダメです、もう……」

彼がふいに顔を上げる。私はいきなり解放されたことで放心し……しかし彼が起き上がらずに身体をゆっくりと下にずらしたことに驚いてしまう。

「……あ……何を……んんっ！」

彼の唇が鎖骨《さこつ》に触れてきて、私は唇を噛んで甘い声を必死で押し殺す。

「なんて肌だろう？　触れているだけで我慢《がまん》ができなくなりそうだ」

彼が囁き、今度は私の右の乳首のすぐ脇《わき》にキスをする。

「……あっ！」

彼の甘い呼吸が尖ってとても感じやすくなっている乳首をくすぐる。切望するように乳首がさらに尖ってしまうのに、彼は乳首には触れず、やはりすぐそばにまたキス。ギリギリで焦《じ》らされているのだと思うだけで悔《くや》しいが……感情に反して身体はさらに熱くなる。

「乳首が誘《さそ》うように尖っている」

彼が囁き、乳首に息を吹《ふ》きかける。それだけで快感が走り、腰が浮き上がってしまう。

「脱《ぬ》がせた時には淡《あわ》いピンク色だったのに、今は誘うような濃《こ》いバラ色だ。……そんなに感じてしまっている？」

「違います、そんなわけが……アアッ！」

私の言葉を遮《さえぎ》るように、彼がいきなり乳首にキスをする。

「……や、ああ……っ！」

濡《ぬ》れた舌でたっぷりと舐《な》め上げられ、乳首の先端を強く吸い上げられる。

「……ンン――ッ！」

あまりの快感に、目の前がいきなり真っ白になる。私の先端から、ビュクビュクッと恥《は》ずかしいほどの量の快楽の蜜が迸《ほとばし》る。彼のシャツを汚《よご》してしまったことに気づき、私は必死で屹立を両手で隠《かく》す。なのに、私の身体は意思に反して暴走して……。

「……あ……あ……！」

腰から下を痺《しび》れさせる、目が眩《くら》みそうな快感。私は屹立を両手で覆《おお》うけれど、自分の手のひらの感触にまで感じてしまう。

「……ダメ……止まらな……っ」

何かが壊《こわ》れてしまったかのように、屹立から蜜がとめどなく放たれ、両手を熱く濡らす。

……ああ、まさか、自分がこんなにいやらしいなんて……！

「……乳首だけで、またイッてしまうなんて。本当に、なんて敏感《びんかん》な身体なんだ……」

彼が囁《ささや》いて、キスをしながらさらに顔を下ろしていく。

「……感じたおまえは、本当に美しい。見ているだけでおかしくなりそうだ……」

囁きながら肌の上に溜《た》まった蜜を舐められて、羞恥《しゅうち》に死んでしまいそうだ。彼の大きな手が、屹立を隠す私の両手首を捕《つか》まえる。

「……あ……っ」

「見せてごらん。どんなに淫らなことになっているのか」

囁かれて、必死で抵抗《ていこう》しようとする。しかし彼の力には敵《かな》わず、屹立《きつりつ》を露《あら》わにしたままシーツの上に両手首を縫《ぬ》い留められる。

「……ああ……っ」

放った蜜でトロトロに濡れた屹立を、彼の熱い視線の前にさらす。それはとんでもなく淫らな感覚で……。

「……ダメ……見ないでくださ……」

「おまえは、本当にどこからどこまでも美しい」

彼が囁いて、私の屹立の先端にそっとキスをする。

「……アアッ！」

私の屹立はあたたかな口腔《こうこう》にたっぷりと含《ふく》まれ、濡れた舌で容赦なく愛撫される。

「……や……もう……許して……！」

私の唇《くちびる》から、切れ切れな懇願《こんがん》が漏《も》れる。身体の奥に膨《ふく》れ上がった激しい欲望《よくぼう》が、私の全身を内側から燃やしている。

「……あなたが、欲しいんです……」

私の唇から、濡れた懇願が漏れる。先走りで濡れた屹立も、指で優《やさ》しく解《ほぐ》された蕾《つぼみ》も、彼を切望してヒクヒクと震えてしまっている。

「……お願い……」

「まったく、なんて人だ」

彼は囁いて身を起こし、そして私の唇にそっとキスをする。着ている物をすべて脱ぎ捨て、私のむき出しの両腿《りょうもも》にそっと手をかけて大きく割り広げる。

隠されていた谷間のすべてが、彼の視線の前にさらされる。とても恥ずかしいけれど……でもとても淫らで、とても感じてしまって……。

「……ん……っ」

濡れそぼった蕾が、キュウッと強く収縮した。

「ああ……なんて身体《からだ》だ」

彼が感嘆《かんたん》した声で囁く。

「こんなに美しいだけでなく、こんなに震えて俺を誘惑《ゆうわく》してくる」

彼は私を真っ直《す》ぐに見下ろして、低い声で言う。

「おまえが欲しくておかしくなりそうだ。優しくできないかもしれない。……怖《こわ》くない？」

私は彼を見返し、そしてゆっくりとうなずく。

「怖くなんかありません。あなたが欲しい……あっ！」

言葉が終わらないうちに、彼の身体がのしかかってくる。蕾にとても硬《かた》くて熱いものが押し付けられて、私は息を呑《の》む。

「……んん……っ！」

「息を止めないで。ゆっくり吐《は》いて」

彼が私の耳に口を近づけ、低く囁いてくる。私は彼の言うとおりに息を吐き……。

「……アアッ！」

彼の逞《たくま》しい欲望が、ゆっくりと体内に押し入ってくる。とても苦しいのに、蕩《とろ》けさせられた私の蕾はそれを拒《こば》むことができない。

「……あ……レオン……！」

私は言い、すがるようにして彼の背中に手を回す。

「初めて名前で呼んでくれたね」

彼は囁き、私の唇にそっとキスをする。

「愛している、タカヒコ」

囁き、私が蕩けたのを見逃《みのが》さずに、グッと深く押し入ってくる。

「……ああっ！」

彼の屹立の先端《せんたん》、張り出した部分が、私の内壁《ないへき》のある部分を擦《こす》り上げる。

「……ひ、う……っ！」

同時に走ったとんでもない快感に、私は思わず息を呑み込む。

「……すご……」

「いい？　ここ？」

彼が囁き、私の感じやすい場所を突《つ》き上げてくる。

「……あ、ああ……っ！」

私はあまりの快感に喘《あえ》ぎ、そのまま蕩けてしまう。彼の屹立はそのままググゥッと奥まで私を侵《おか》し、そのままゆっくりと抽挿《ちゅうそう》を始める。

「……あ、あ、あ……っ！」

だんだん速くなる彼の動きに、私は彼にすがり付いて喘ぐことしかできない。

「……すごい……」

彼が私をしっかりと抱《だ》き締《し》め、激しく突き上げながら囁いてくる。

「……おまえの身体がすごすぎて、もう持っていかれそうだ……」

彼も感じてくれている証拠《しょうこ》に、もともと逞しかった彼の屹立が、入れたときよりもさらに大きくなっている。そのまま激しく突き上げられて、快楽に目が眩みそうになり……。

「……待ってください……まだ、イカせないで……」

私はかすれた声で囁き、必死でかぶりを振《ふ》る。

「どうして？　おまえの身体は……」

彼が囁きながら、私の屹立をそっと扱《しご》いてくる。蜜《みつ》と先走りでたっぷりと濡れそぼった側面が、彼の手のひらの中でグチュグチュと音を立てる。

「もう限界が近いだろう」

「……あ……っ！」

あまりの快感に、私の背中が反り返る。蕾がキュウッと固く彼を食い締め……すんでのところでイキそうになる。

「……っ、限界が近いのは、俺も同じだった」

彼は息を乱しながら囁いてくる。

「いきなり搾《しぼ》り取られそうになった。初めてなのに俺をこんなふうにするなんて……なんて悪い死神だろう？」

彼は囁いて、私の身体を抱き締める。動いた拍子《ひょうし》に彼の屹立が内壁をグリッと抉《えぐ》ってしまい、私は思わず声を上げる。

「……あぁ……っ！」

握《にぎ》り込まれた屹立が、彼の手の中でびくりと大きく跳《は》ねる。トロリと大量の先走りが漏れ、私はもう限界に近い。

「どうしてまだイキたくないんだ？」

彼が、私の耳に口を近づけて囁いてくる。

「朝までは時間がある。何十回でもイカせてやるのに」

耳たぶにキスをされ、私は大きく息を呑んで全身を震《ふる》わせる。それから、

「……耳たぶじゃなくて……」

私の唇から、今にも消えそうなかすれた声が漏れる。

「どうした？　どうして欲しい？」

囁きながらゆるく扱き上げられて、私のきつく閉じた瞼《まぶた》の間から一筋の涙《なみだ》が伝う。

「……耳たぶじゃなくて……唇に……」

私の唇から、本当の気持ちが溢《あふ》れてしまう。

「……イク前に、唇にキスをしてくださ……んん……っ！」

言葉の最後を吸い取るようにして、彼が私にキスをする。

「……んん……っ」

角度を変えて何度も唇が深く重なり、私の顎《あご》からふいに力が抜《ぬ》ける。

「ああ……本当にたまらない。タカヒコ」

彼は囁《ささや》いて、舌を私の口腔《こうこう》に滑《すべ》り込ませてくる。

「……んく……んん……っ」

舌を舌ですくい上げられ、性器にするようにして丹念《たんねん》に愛撫《あいぶ》される。私の全身から次第《しだい》に力が抜け、呻《うめ》きがどんどん甘くなってしまい……。

「……ンッ……ンッ……」

彼の舌が上顎《じょうがく》をくすぐり、舌先を吸い上げてくる。私の手が知らずに彼の身体にまわり、そのまましっかりと抱きついてしまう。彼のキスの心地《ここち》よさに、私は陶然《とうぜん》とする。

「……愛している、タカヒコ」

キスの合間に、彼が囁いてくる。私は瞼を開き、彼を見上げながら囁く。

「私も愛しています……んんっ！」

彼が私にもう一度キスをし、動いたせいで、彼の屹立がグリッと内壁を抉る。とても感じやすいポイントを抉られて、私は彼を食い締めてしまう。

「……そんなに欲しい？　すごい締め付けだ」

レオンの囁きに、私の理性がすべて吹《ふ》き飛んでしまう。

「……あなたが欲しいんです……」

私の唇から、かすれた声が漏れた。

「……して……ああっ！」

彼の手が私の両脚《りょうあし》を持ち上げる。足首が彼の肩《かた》に載《の》せられ、露《あら》わになった蕾《つぼみ》に、さらに彼が深く入り込んできて……。

「……あ、あ、あ……っ！」

深く浅く貫《つらぬ》かれて、私は背中をそらせながら喘ぐ。

彼の動きに合わせて、大きく揺《ゆ》れるベッド。

擦《こす》れあう二人の肌、速くなる鼓動《こどう》。

そして二人のため息が混ざり合って……。

「……んんーっ！」

私の先端から、ビュクビュクッ！　と白い蜜が迸《ほとばし》った。キュウッと強く締め上げてしまうと、
彼が小さく呻き、そして私の両脚をしっかりと持ち上げて……。

「……アアッ……アアッ……！」

激しい抽挿に目の前が白くなる。そして彼の屹立《きつりつ》がびくりと震え、次の瞬間《しゅんかん》、燃え上がりそうなほど熱い彼の精が私の内壁に激しく撃《う》ち込まれる。

「……あ……っ！」

その熱さにも感じてしまい、私の屹立の先端から最後の蜜が搾り出される。

「……ああ……っ！」

「愛している、タカヒコ」

彼が私の身体《からだ》をしっかりと抱き締める。

「……愛しています、レオン……」

私は囁き返し、しっかりと彼の身体にすがり付く。

……ああ、もう二度と離《はな》れたくない……。

「二度と離れたくない」

彼が私の耳に囁きを吹き込んでくる。

「私も今、同じことを考えていました」

私が言うと、彼はとても嬉《うれ》しそうに微笑《ほほえ》んで、

「わかった。それならせめて、朝まで一つになっていよう」

私を抱き締め、優《やさ》しいキスをした。

そして私達はそのまま固く抱き合い、愛する人としかいけない高みに駆《か》け上り……。

レオン・ヴァレンスキー

……今日もまた、朝まで抱いた。さすがに、やりすぎてしまったかもしれない……。

俺は、裸《はだか》のままで深く眠《ねむ》る彼を見下ろしながら思う。

……だが、止まらないものは仕方がない。

息を乱した彼は、頬《ほお》と耳たぶをバラ色に染め、目を潤《うる》ませている。死神と呼ばれた冷淡《れいたん》な表情は微塵《みじん》もなく、まるで……。

……まるで、激しい恋《こい》に堕《お》ちた男、そのものだ。

彼の瞳《ひとみ》に映る俺も、きっと同じ顔をしているはずだ。

初めて彼を最後まで抱いてから二週間。貴彦は自分のフラットにはほとんど帰れず、ロンドン郊外にあるこの城から会社に通っている。

俺はインターネット経由で仕事を続けながらさまざまな手続きを進めている。毎朝彼を会社に送らなくてはいけないのが少し寂しいが、ハネムーンのように甘い毎日だ。

一糸まとわぬ裸になった彼の、首筋から肩にかけて、花びらを散らしたような真っ赤な痕《あと》がいくつも残っている。それは左右対称に散らされて、まるで淫《みだ》らなタトゥーのようだ。

俺は彼を愛撫しながら、首筋に何度もキスをした。唇《くちびる》をつけるだけでなく、歯を立て、強く吸い上げて……。

そしてキスマークはそこだけではすまなかった。彼の身体には、まるで真紅《しんく》の花びらのシャワーでも浴びたかのように、点々とキスマークが散っている。鎖骨《さこつ》の上、胸元《むなもと》、乳首《ちくび》のすぐ脇《わき》、そして鳩尾《みぞおち》、臍《へそ》の脇、さらにもっと下にも。

「……ん……」

彼が眠そうに呻き、そっと目を開く。

「……レオン……」

「おまえにニュースがあるんだ」

眠そうな彼に、俺は書類を示してみせる。さっき、家令が紅茶と一緒《いっしょ》に持って来てくれた手紙に入っていた。

「なんですか？」

彼は眠そうに目を擦《こす》るが、まだ覚醒《かくせい》していないらしい。

「引き継《つ》ぎが終わったという書類だ。俺は明日から、ロンドン支社の社長室の勤務になる」

「……えっ？」

彼は驚《おどろ》いたように目を見開く。サンクト・ヴァレンスクと英国はやはり遠い。休暇《きゅうか》が終わったら遠距離恋愛《えんきょりれんあい》になるんでしょうか、と言った彼の寂《さび》しそうな声に、俺は決心した。経営が安定しているサンクト・ヴァレンスク本社を副社長に任せ、まだまだ伸《の》び代《しろ》のあるロンドン支社に赴任《ふにん》することにした。もちろん、一番の目的は貴彦のそばにいることだが。

「この城を、さらに居心地《いごこち》がいいように改装させる。地下にも宝物庫があるので気に入った宝石はそこに移してもいい。……一緒に住もう」

俺の言葉に、彼はとても驚いた顔をする。しかしすぐに頬を染め、小さくうなずき……。

「レオン兄さん！」

いきなり声がして、ベッドルームのドアが乱暴に開かれる。そこに立っていたのはイリアだった。

「うわ！　タカヒコさん、ごめんなさい！」

まさか裸の貴彦がいるとは思わなかったのか、イリアが驚いた声を上げる。俺は溜《た》め息《いき》をついて毛布を引き上げ、貴彦の身体をそれで覆《おお》ってやる。

「それで？　なんの用だ？」

俺が言うと、イリアはとても怒《おこ》った顔で言う。

「あの手紙はなんなの？　あんなこと、承諾《しょうだく》できるわけがないじゃないか！」

「手紙？」

驚いた顔をする貴彦に、イリアは、

「『「氷河の涙《なみだ》」を取り戻《もど》した俺は、すべての義務を果たした。王位はおまえに譲《ゆず》る』って書いてあったんです！　信じられない！」

イリアの言葉に、貴彦はさらに驚いた顔になる。

「王位を譲る？　そんな簡単にできるんですか？」

「やろうと思えばできる。俺は王位を継《つ》ぐよりも、ただの一実業家としてタカヒコと暮らす方がきっと性《しょう》に合っている」

俺が言うと、イリアはとても驚いたように言う。

「そんなのダメだよ！　王位はレオンが継ぐべきだ！」

俺は深いため息をつき、それから言う。

「この件は、まだまだ解決は先のようだ。ともかく……」

俺は貴彦の肩を抱《だ》き寄せて、

「今は、タカヒコと二人きりで、きっちり話し合いをさせてくれないか？」

イリアは目を見開き、それからカアッと赤くなる。慌《あわ》てて踵《きびす》を返しながら、

「きちんと話し合ってね！　これは大切な問題なんだから！」

叫《さけ》んで、ベッドルームから逃《に》げ出していく。

「あんな大切なことを、手紙で？」

貴彦が呆《あき》れたように言う。俺は肩をすくめて、

「電話で言っても今のようにキャンキャン反論されるだけだ。手紙なら時間が稼《かせ》げると思ったんだ」

俺は言い、貴彦の身体をベッドに押し倒《たお》す。

「まあ、案の定、ハネムーンの邪魔《じゃま》をされてしまったけれど」

囁《ささや》いてそっとキスをすると、彼の頬がふわりと染まる。

「ハネムーンはもう終わりです。せっかく来てくれたのですから、起きてイリアとお茶でも……あっ！」

起き上がろうとした彼の身体を引き寄せ、両肩《りょうかた》を押さえてそのままベッドに縫《ぬ》いとめる。

「そんなことは許さない。俺がいいと言うまでは、ベッドから出るのは禁止だ」

囁くと、彼は呆れた顔をし……しかしクスリと笑ってくれる。

「本当に、仕方のない王子様なんだから」

優《やさ》しい笑《え》みに、俺の胸が甘く痛む。

「愛してる。おまえといるためならなんでもする」

囁くだけで、彼はとても可愛《かわい》らしく頬を染める。

俺の恋人《こいびと》は、時には氷のようにクールで、比類なく麗《うるわ》しく、そしてこんなふうに本当に色っぽい。

あとがき

こんにちは、水上ルイです。初めての方に初めまして。水上の別のお話を読んでくださった方にいつもありがとうございます。

この本、『ロイヤルジュエリーは煌めいて』は、大富豪達《だいふごう》から「麗《うるわ》しき黒衣の死神」と呼ばれているオークション会社の社員で美人宝石鑑定士《かんていし》・貴彦と、彼が出会った獰猛《どうもう》な謎《なぞ》の男・レオンが主人公。前半はロンドンとパリ、後半は北ヨーロッパのどこかにある架空《かくう》の国、「サンクト・ヴァレンスク」が舞台《ぶたい》。貴彦が大富豪から預けられたとんでもなく高価なダイヤモンド「氷河の涙《なみだ》」を巡《めぐ》るお話です。私は作家になる前は宝飾品《ほうしょくひん》会社でジュエリーデザイナーをしていたのですが、名前がつくような巨大《きょだい》な宝石にはミステリアスなエピソードがつきもの。調べるとなかなか面白《おもしろ》いです。そんなドキドキ感を味わっていただければ幸いです。

この本はロイヤルシリーズの五作目に当たりますが、どれも読みきりなのでどこから読んでも大丈夫《だいじょうぶ》。安心してお買い求めください（CM・笑）。このシリーズは、攻《せめ》が王子様もしくはその血縁《けつえん》のリッチなラブストーリーというコンセプトで始めたのですが、今回は今までとはちょっと雰囲気《ふんいき》が違《ちが》うような？　とても楽しんで書かせていただきました。あなたにもお楽しみいただければ嬉《うれ》しいのですが。

それではこのへんで、お世話になった方々に感謝の言葉を。

明神翼先生。大変お忙《いそが》しい中、今回も本当に素晴《すば》らしいイラストをどうもありがとうございました。獰猛でセクシーなレオン、そしてクールで美人な貴彦にうっとりしました。本当にありがとうございました。これからもよろしくお願いできれば幸いです。

編集担当Tさん、Iさん、そして編集部のみなさま。今回も本当にお世話になりました。これからもよろしくお願いできれば幸いです。

この本を読んでくれたあなたへ。どうもありがとうございました。これからもがんばりますので応援《おうえん》していただけると嬉しいです。またお会いできる日を楽しみにしています。

二〇一一年　初秋　　水上ルイ

この小説のプロットを立てている最中に、東日本大震災《だいしんさい》が起きてしまいました。被災《ひさい》された皆様《みなさま》に、心よりお見舞《みま》い申し上げます。

私達は、これからもずっとあなたを応援していきます。

一日も早く、あなたに平和な日常が戻《もど》りますように。

KADOKAWA RUBY BUNKO

ロイヤルジュエリーは煌《きら》めいて

水上《みなかみ》ルイ

角川ルビー文庫 R92-33　　16998

平成23年9月1日　初版発行

発行者――井上伸一郎
発行所――株式会社角川書店
東京都千代田区富士見2-13-3
電話/編集(03)3238-8697
〒102-8078
発売元――株式会社角川グループパブリッシング
東京都千代田区富士見2-13-3
電話/営業(03)3238-8521
〒102-8177
http://www.kadokawa.co.jp
印刷所――旭印刷　製本所――BBC
装幀者――鈴木洋介

ISBN978-4-04-448633-4　C0193　定価はカバーに明記してあります。

KADOKAWA RUBY BUNKO

角川ルビー文庫

いつも「ルビー文庫」を
ご愛読いただきありがとうございます。
今回の作品はいかがでしたか？
ぜひ、ご感想をお寄せください。

〈ファンレターのあて先〉

〒102-8078 東京都千代田区富士見 2-13-3
角川書店 ルビー文庫編集部気付
「水上ルイ 先生」係

かりそめとはいえ、君は私の花嫁。
そして——花嫁を満足させるのは夫の役目だ。
皇太子と身代わりの花嫁
水上ルイ
イラスト／かんべあきら
傲慢な王子×身代わり花嫁の
ロイヤル・ウエディング!
王族の血を引く李音は、妹を政略結婚から救うため
隣国の王子の許へ向かうが、逆に花嫁になれと脅されて…!?